Charmed

Charmed

Zauberhafte Schwestern

Zirkuszauber

Roman von
Carla Jablonski

Aus dem Amerikanischen
von Frauke Meier

vgs

Die Deutsche Bibliothek – CIP-Einheitsaufnahme

Charmed – zauberhafte Schwestern. – Köln : vgs
(ProSieben-Edition)
Zirkuszauber : Roman / von Carla Jablonski.
Aus dem Amerikan. von Frauke Meier. – 1. Aufl. – 2001
ISBN 3-8025-2817-4

Erstveröffentlichung bei Pocket Books, New York 2001
Titel der amerikanischen Originalausgabe:
The Gypsy Enchantment von Carla Jablonski

Das Buch »Charmed – Zauberhafte Schwestern. Zirkuszauber«
von Carla Jablonski entstand auf der Basis der gleichnamigen
Fernsehserie von Spelling Television ausgestrahlt bei ProSieben.

1. Auflage 2001

Produktion: Wolfgang Arntz
Umschlaggestaltung: Sens, Köln
Titelfoto: © Twentieth Century Fox Film Corporation 2001
Satz: Kalle Giese, Overath
Druck: Clausen & Bosse, Leck
Printed in Germany
ISBN 3-8025-2817-4

1

PRUE SPÜRTE, dass jemand hinter ihr stand. War das nur eine Kreatur, oder waren es zwei? Sie warf einen prüfenden Blick auf den zweiköpfigen Schatten, der sich vor ihr am Boden abzeichnete. Die Umrisse verrieten ihr, dass das Etwas hinter ihr von menschenähnlicher Gestalt war, obwohl der Körper eher wie ein dicker Kloß aussah. Die beiden Köpfe hatten seltsame Konturen und merkwürdige Nasen, wie sie im Profil erkennen konnte.

»Das hat mir gerade noch gefehlt«, murrte sie. »Ich bin ohnehin zu spät dran.« Ein wenig unsicher auf nur einem hohen Absatz stehend wirbelte sie um die eigene Achse und holte mit der zweiten Schnürsandalette, die sie in der Hand hielt, aus, um nach dem Eindringling zu schlagen.

»Hey!«, schrie Phoebe, während Piper laut aufkreischte und den Kopf einzog. »Pass auf!«

Prue bedachte ihre Schwestern mit einem spöttischen Grinsen. »Habt ihr geglaubt, ihr könntet euch an mich heranschleichen und mir Angst einjagen? Nach all dem Umgang mit Dämonen? Ihr seid schlimmere Clowns, als ich dachte.«

Prues Blick wanderte über die exotischen Kostüme ihrer Schwestern. Sie trugen übergroße, mit Kissen ausgestopfte Overalls. Piper hatte ihr langes dunkles Haar unter einer grell orangefarbenen Kunsthaarperücke verborgen. Phoebe trug einen zerknautschten Filzhut, der so groß war, dass er ihr dauernd über die Augen rutschte. Beide hatten kleine rote Plastikknollen über ihre Nasen geschoben.

»Die Antwort lautet immer noch nein«, erklärte Prue. »Ganz egal, wie gut ihr ins Bild passt.«

»Das ist nicht fair«, beklagte sich Phoebe. »Wir sind diejenigen, die den Zirkus lieben, und du bekommst diesen tollen Auftrag.«

»An diesem Job gibt es nichts ›Tolles‹«, grummelte Prue. *415*, die Zeitschrift, für die sie häufig als freie Fotografin arbeitete, hatte sie zusammen mit einer Journalistin beauftragt, einen Artikel über den Karnevalsumzug zu schreiben – ein Umzug, verbunden mit Zirkusdarbietungen, die in einem Zelt im Golden Gate Park zu sehen waren. Sie würden die ganze Woche »zwischen Sägemehl und Flitter« verbringen müssen, wie Kristin McMillan, die Reporterin, mit der Prue arbeiten sollte, die Situation äußerst treffend beschrieben hatte.

»Ich wünschte, die Woche wäre schon vorbei«, sagte Prue seufzend.

»Dein Gehabe macht es nur noch schlimmer«, protestierte Piper. »Wir sollten da hingehen, nicht du. Du hasst den Zirkus.«

Prue musterte ihre Schwestern noch einmal eingehend. »Ganz besonders Clowns.«

»Okay, dann war die Clown-Masche vielleicht nicht die beste Idee, dich zu überreden, dass du uns mitnimmst«, gestand Piper ein. »Aber du musst zugeben, dass wir so wenigstens deine Aufmerksamkeit erlangt haben.«

»Ja, und beinahe auch noch einen Nackenschlag mit meinem Schuh.« Prue stellte die Sandalette auf den Boden und schlüpfte hinein.

»Aber wir haben uns einen Zirkusbesuch verdient«, quengelte Phoebe.

Prue schüttelte den Kopf, während sie sich bückte, um den Riemen ihrer Sandalette zu schließen. »Ihr benehmt euch wie Sechsjährige.« Sie richtete sich wieder auf und stemmte die Hände in die Hüften. »Na ja, jedenfalls seht ihr zweifellos so aus, als würdet ihr in den Zirkus gehören.«

Prue biss sich auf die Lippe, als ihre Schwestern ihren Mitleid erregendsten Bettelblick aufsetzten, und unterdrückte mühsam ein Lachen. »Okay, ihr könnt mitkommen. Aber beeilt euch«, fügte sie dann streng hinzu. »Ich bin jetzt schon zu spät dran.«

»Juhuuuu!«, jubelte Phoebe. Sie und Piper klatschten die Hände zusammen, ehe sie aus Prues Zimmer hinausstürzten.

Ich hoffe, ich werde das nicht noch bedauern, dachte Prue. Hier geht es um Arbeit, und die beiden benehmen sich wie außer Rand und Band geratene Kleinkinder. Als hätte ich nicht so schon Sorgen genug.

Prue wusste, dass ihre Schwestern glaubten, der Auftrag, das Karnevalsgeschehen zu fotografieren, würde das reinste Vergnügen sein, aber sie wusste auch, dass der Job ziemlich hart werden würde. Sie musste sowohl die Live-Atmosphäre einfangen, als auch das Geschehen hinter den Kulissen aufnehmen und zudem noch Einzelporträts erstellen. Verschiedene Techniken, verschiedene Vorgehensweisen, Filme und Objektive, je nach Situation. Das bedeutete eine umfangreiche Ausrüstung und ständige Wachsamkeit, damit ihr nur ja kein potenzielles Bild und kein einmaliger Augenblick entging, ganz abgesehen von Belichtungszeiten und Lichtverhältnissen, die sie ständig im Auge behalten musste.

Aber es gab noch einen tieferen Grund, warum Prue sich auf diesen Auftrag absolut nicht freuen konnte.

Sie wusste, dass es albern war, aber ihre Schwestern hatten Recht: Prue konnte den Zirkus einfach nicht ausstehen. Es gab keinen speziellen Grund für ihre Abneigung. Zirkus und Karneval waren ihr einfach nicht geheuer, so war es immer schon gewesen. Der unstete Lebensstil hüllte die Zirkusleute in einen Mantel der Anonymität und schuf eine Aura des Geheimnisvollen um sie herum, was Prue beängstigend fand.

Immerhin, überlegte Prue weiter, während sie ihr dickes, dunkles Haar bürstete, kann schließlich niemand wissen, wer sich unter all dem Make-up versteckt. Welcher normale Mensch würde es schon lustig finden, in einen Tigerkäfig zu steigen oder drei Stühle auf dem Kinn zu balancieren?

Sie sah sich noch einmal im Zimmer um und vergewisserte sich, dass sie an alles gedacht hatte: den Fotokoffer, beladen mit Schwarzweiß- und Farbfilmen, Blitzgeräten und Batterien, die Handtasche mit Kamm, Lippenstift, Geld und Handy. Jetzt musste sie nur noch ihre Schlüssel finden, sich ihre Schwestern schnappen und losziehen.

»Fertig!« Phoebe hatte sich in schwarzer Jeans und einem blauen Trägertop in der Tür aufgebaut. »Siehst du? Auf Wiedersehen Clown und hallo schöne Frau!«

»Ich weiß nicht, ob es da irgendjemanden geben wird, der deine Qualitäten zu schätzen weiß«, kommentierte Prue. »Wen willst du beeindrucken? Die Elefanten?«

»Machst du Witze?«, fragte Phoebe, und ihre dunklen Augen weiteten sich merklich. »Der Zirkus ist voll von gut gebauten Mechanikern und Hilfsarbeitern. Jungs mit waschechten Muskeln. Außerdem, du hast ein Problem mit Clowns, nicht ich.«

»Ich hasse die Vorstellung, der Zirkus könnte sich zum Ausgangspunkt deiner zukünftigen Dates entwickeln.«

Phoebe lachte. »Die meisten Jungs, die ich kenne, sind so oder so Clowns. Auf diese Weise hätte ich dafür wenigstens eine gute Entschuldigung.«

Piper gesellte sich zu ihnen. Ihr leuchtend rotweißes Sommerkleid war wie geschaffen für einen Tag beim Karnevalsumzug. »Lass Phoebe doch ruhig losziehen. Sie wird schon herausfinden, ob ein Tag im Zirkus die richtige Gelegenheit ist, um irgendwelche Typen kennen zu lernen.«

»Da wir gerade von losziehen reden«, entgegnete Prue. »Erster Stopp: *Muffin Madness*. Ich muss mir was zum Frühstücken besorgen. Immerhin weiß ich nicht, wann ich noch Gelegenheit haben werde, mir etwas einzuverleiben, wenn wir erst mal da sind.«

Sie scheuchte ihre Schwestern zur Tür hinaus und hin zum Wagen. Dann glitt sie hinter das Lenkrad, während Piper neben ihr Platz nahm und Phoebe sich quer über die Rückbank ausstreckte. Prue steckte den Schlüssel ins Zündschloss und schlug die gewohnte Strecke zu dem Muffinbäcker ein.

»Worum genau geht es eigentlich bei diesem Auftrag?«, erkundigte sich Phoebe, nachdem sie sich mit Muffins und Kaffee versorgt hatten. »Ich freue mich, dass du den Job hast und wir hingehen können, aber hat ein Zirkus nicht normalerweise seinen eigenen Publicityapparat?«

»Das stimmt«, stellte Piper fest. »Was sollten sie für ein Interesse daran haben, einen fremden Fotografen zu engagieren?«

Prue behielt stets den Verkehr im Auge, als sie auf den Golden Gate Park zuhielt. »Es geht um einen Hintergrundbericht. Was jenseits des Rampenlichts passiert, steht meistens nicht in den üblichen Pressemappen, wisst ihr.«

Piper schob ihre Sonnenbrille hoch und sah Prue an. »Jenseits des Rampenlichts? Bedeutet das, was ich glaube, das es bedeutet?«

Prue hörte die Aufregung in der Stimme ihrer Schwester.

Phoebe beugte sich vor und schob ihren Kopf zwischen die Schultern ihrer Schwestern. »Du hast überall Zugang? Cool!«

»Ich weiß nicht, ob das bedeutet, dass ihr auch überall Zugang habt«, dämpfte Prue ihre Hoffnungen. »Eigentlich ist das schon ziemlich ungewöhnlich. Kristin hat mir erzählt, der Eigentümer, Mr. Amalfi, hat uns den Zutritt nur gestattet, weil er hofft, der Artikel würde den Kartenverkauf fördern. Ich schätze, sie konnten bisher nicht so viele loswerden, wie sie gehofft hatten.«

»Warum sollte ein Blick hinter die Kulissen so ungewöhnlich sein?«, fragte Piper.

»Zirkusse gelten im Allgemeinen als eine Art geschlossene Gemeinschaft«, erklärte Prue. »Kristin hat mich gewarnt. Sie meint, ich müsse mit einem ziemlich frostigen Empfang rechnen.«

»Kristin«, wiederholte Phoebe. »Kennen wir die?«

»Kristin McMillan«, sagte Prue. »Kurzes blondes Haar; ziemlich forsch.«

»Oh, ja«, murmelte Phoebe. »Typ Cheerleader.«

Prue grinste. »Das trifft es ziemlich gut. Nur glaube ich, die könnte denen allen noch was vormachen.«

»Du kannst sie nicht ausstehen«, stellte Piper fest.

»Das ist nicht wahr!«, protestierte Prue. »Na ja, jedenfalls nicht ganz.« Sie seufzte. »Okay, ich finde ihr Stil passt überhaupt nicht zu meinem.«

»Siehst du? Du brauchst uns«, sagte Piper. »Sonst treibst du ihr die forsche Art nach einer Weile noch gewaltsam aus.«

Prue lachte. »Wahrscheinlich hast du Recht.« Sie lenkte den Wagen in den Park. »Okay, ich bin froh, dass ihr bei mir seid, und wenn es nur darum geht, Kristins Nettigkeit auszugleichen.«

»Willst du uns beleidigen?«, fragte Piper. »Soll das etwa heißen, dass wir, deine geliebten Schwestern, nicht nett sind?«

Prue grinste und fuhr fort, als hätte sie Pipers Protest gar nicht wahrgenommen. »Ihr wisst schon, Yin-Yang, Gleichgewicht der Energien. Kristin ist übertrieben nett, und ihr zwei seid ...«

»Schon gut, wir haben verstanden«, grollte Piper. »Trotzdem schön, gebraucht zu werden.« Sie klopfte Prue aufmunternd auf die Schulter und kicherte.

Wir brauchen einander wirklich, dachte Prue, während sie Piper angrinste. Wir sind so verschieden und doch so ähnlich.

Seit die Halliwell-Schwestern über ihre Kräfte verfügten, war das Band zwischen ihnen immer fester geworden. Hätten sie nicht eines Tages entdeckt, dass sie Hexen waren, hätten sie vielleicht nie so hart daran gearbeitet, ihre Differenzen beizulegen. Nichts bringt eine Familie enger zusammen als der gemeinsame Kampf gegen Hexenmeister, stellte Prue in Gedanken fest. Sie war jedenfalls froh, dass ihre Schwestern darauf bestanden hatten, sie heute zu begleiten. Aber das würde sie ihnen nicht verraten. Sonst würden die beiden womöglich noch dafür sorgen, dass sie diesen Tag nie vergaß.

Prue ging die Wegbeschreibung zum ›Bühneneingang‹ durch, die Kristin ihr gegeben hatte. Eigentlich war es eher eine Art Sicherheitskontrollpunkt in der Nähe der Wohnwagen, in denen die Artisten lebten. Jenseits der Polizeiabsperrung, die sich um das ganze Gelände zog, sah sie etliche Männer mit Clipboards und Handfunkgeräten, die innerhalb der Begrenzung herumstanden und sich unterhielten. Prue lenkte den Wagen in eine Parklücke und zog den Zündschlüssel ab.

Beinahe im selben Augenblick sprangen Phoebe und Piper auch schon aus dem Auto. »Hey, wartet auf mich«, rief Prue ihnen nach.

Doch Piper und Phoebe dachten gar nicht daran. Sie waren so aufgeregt, dass sie sofort auf die Barrikaden aus Sägeböcken zuliefen. Als sie Anstalten machten, sich unter der Absperrung hindurchzuducken, kam ein stämmiger Wachmann auf sie zugeeilt. Man könnte glauben, die beiden sind erst fünf, so wie sie sich benehmen, stellte Prue fest.

Sie schüttelte amüsiert den Kopf und stieg mitsamt ihrer Ausrüstung aus dem Wagen. Schon im selben Augenblick bedauerte sie die Wahl ihrer Schuhe zutiefst. Der Boden war von dem letzten Regen noch durchnässt, und innerhalb des Zeltes würde es jede Menge Dreck und Sägemehl geben. Teure, hochhackige Sandalen waren da nicht gerade die klügste Wahl, wie sie sich eingestehen musste, als sie ihren Schwestern folgte.

Der Wachmann musterte Phoebe und Piper misstrauisch. »Ich kann Ihre Namen hier nicht finden«, stellte er mit einem Blick auf sein Clipboard fest. »Und wenn Sie nicht auf meiner Liste stehen, dann müssen sie zum Vordereingang gehen und sich wie jeder andere auch eine Karte kaufen.«

»Prue Halliwell«, stellte sich Prue dem Wachmann vor.

Der Mann ging erneut seine Liste durch. »Sie können rein. Kristin McMillan hat mich gebeten, Ihnen zu sagen, dass sie im Küchenwagen auf Sie wartet, geradeaus und dann links. Sie sitzt dort mit einigen Artisten beim Frühstück.«

»Danke.« Prue überlegte, wie sie Piper und Phoebe mit einschleusen könnte. Vielleicht konnte sie Kristin bitten, den Weg für sie freizumachen.

Phoebe hingegen setzte ihren Plan bereits in die Tat um. »Wir sind Ms. Halliwells Assistentinnen«, verkündete sie und entriss Prue die Objektivtasche und die braune Papiertüte mit dem Kaffee und dem halb gegessenen Muffin. Dann reichte sie den Beutel weiter an Piper, die ihn mit einem bekräftigenden Nicken entgegennahm.

Der Wachmann schien ihnen die Geschichte nicht so ohne weiteres abzunehmen, denn er zog skeptisch eine Braue hoch. Phoebe trat näher an ihn heran und deutete mit einem Nicken auf Prue. »Sie ist eine echte Primadonna«, raunte Phoebe dem Wachmann in einem kehligen Flüsterton zu. »Hat Angst, sich einen Fingernagel abzubrechen. Na ja, Sie wissen schon.«

Piper nickte und verdrehte viel sagend die Augen. »Sie lässt uns immer ihr ganzes Zeug schleppen«, vertraute sie ihm an.

»Aber das Gute daran ist«, fuhr Phoebe fort, »dass wir dank diesem verzogenen Gör immer beschäftigt sind.«

Prue musste ein Grinsen unterdrücken, und sie beschloss mitzuspielen. »Warum steht ihr hier rum und redet, statt zu arbeiten?«, schnappte sie. »Würde mir vielleicht mal jemand meine Schuhe abwischen, ehe sie vollkommen ruiniert sind?« Warum sollte sie ihrerseits nicht ebenfalls versuchen, das Beste aus der Geschichte herauszuholen?

»Meine Schuhe«, wiederholte Prue in ungeduldigem Ton. Dann starrte sie erst Piper und dann Phoebe an, als wäre die Säuberung ihrer Schuhe die wichtigste Sache auf der ganzen Welt.

Piper bedachte Prue mit einem finsteren Blick, ehe sie sich bückte und die Schuhe mit einer Papierserviette aus dem Muffinbeutel abrieb. Irgendwie hatte Prue das Gefühl, dass sie für diese kleine Posse noch teuer würde bezahlen müssen, aber hey – wenn sie die Primadonna geben sollte, dann musste sie doch wenigstens überzeugend sein, oder?

»Okay, da haben Sie Ihre Ausweise.« Der Wachmann händigte ihnen Anhänger aus, die sie an einer Schnur um den Hals tragen sollten. Prue vergewisserte sich, dass auf allen unbegrenzter Zugang zu allen Bereichen samt dem korrekten Datum eingetragen war. Der Mann winkte sie durch, ehe er zu seinen Kollegen zurückging. Prue fühlte, wie die Augen der Männer ihr und ihren Schwestern folgten, als sie an ihnen vorübergingen.

»Phoebe, das Abendessen gestern war absolut das Letzte«, spielte Prue für den Wachmann ihre Rolle weiter. »Ich habe dir tausendmal gesagt, das Dressing gehört in eine kleine Schale, und der Salat muss knackig sein, sonst ist er ungenießbar.«

Kaum waren sie außer Hörweite, ließ Prue das Diven-Gehabe fallen. »Ich kann nicht verstehen, wie ihr mich als verzogenes Gör bezeichnen konntet«, beschwerte sie sich bei ihren Schwestern.

»Wir schon«, stichelte Piper.

»Ha ha.« Prue sah sich auf dem Gelände um. Dieser Teil des Golden Gate Parks war in einen Wohnwagenpark umgewandelt worden. Dahinter lag die große, breite Allee, die mitten durch den Park lief. In weiterer Ferne konnte sie das Zirkuszelt sehen, in dem mehrere Vorstellungen am Tag stattfinden sollten und hinter dem, wie sie wusste, noch weitere Wohnwagen abgestellt waren.

»Okay«, sagte Prue. »Er hat gesagt, wir würden Kristin beim Küchenwagen finden. Aber welcher ist der Küchenwagen?«

»Oh, Prue«, rief eine kühle Stimme. Prue drehte sich in die Richtung, aus der die wohl vertrauten Klänge an ihr Ohr gedrungen waren. Kristin stand vor einem Wohnwagen, um den etliche Leute – teils kostümiert, teils in Alltagskleidung – herumschwirrten.

»Sieht ganz nach Essen aus«, stellte Piper fest. »Seht euch nur all die Leute an.«

Kristin winkte ihnen zu. »Hier drüben.« Prue dachte, dass Kristin in diesem Kleid – pink, sozusagen ihr Markenzeichen – noch mehr an die Cheerleaderin erinnerte, die sie einmal gewesen war. So oder so hatte Prue sich im Stillen stets gefragt, wie Kristin es fertigbrachte, so viele verschiedene Kleider in diesem einzigen Farbton aufzutreiben. Verspürte sie denn nie das Bedürfnis, aufzubegehren und stattdessen Blau zu tragen? Oder sogar – puh! – Schwarz?

Kristin ließ ein perfektes Lächeln aufblitzen, ehe sie sich wieder dem Gespräch mit den drei Clowns zuwandte, die sie umringten.

»Na prima. Der Spaß geht gleich los«, grummelte Prue.

»Du bist wirklich komisch«, stellte Piper fest. »Du kannst Dämonen verprügeln, aber mit Clowns wirst du nicht fertig?«

»Ich würde einen Dämon oder einen Hexenmeister jederzeit einem Clown vorziehen«, entgegnete Prue. Und, fügte sie in Gedanken hinzu, das ist nicht nur ein Scherz.

Phoebe betrachtete sie mit gespieltem Entsetzen. »Nimm das sofort zurück«, schimpfte sie. »Wir Halliwells sind dafür bekannt, dass wir meist bekommen, was wir uns wünschen.«

Prue seufzte. Phoebe hatte Recht. Einen Dämon herbeizurufen, und sei es nur im Scherz, konnte nur allzu leicht zu ziemlich gefährlichen Situationen führen.

2

»GROSSARTIG, PRUE! Perfektes Timing!« Kristin lächelte breit, als Prue über den Schotter auf die kleine Gruppe zuging. Phoebe und Piper folgten ihr mit wenigen Schritten Abstand.

Warum klang bloß jedes Wort aus Kristins Mund, als wolle sie gerade in lautes Jubelgeschrei ausbrechen? Prue fragte sich allmählich, ob die Frau überhaupt einen Satz äußern konnte, der nicht mit einem Ausrufezeichen endete.

Kristin stand mit drei Clowns zusammen. Einer von ihnen war sehr groß, einer, eine Frau, etwa so breit wie hoch, und der dritte trug ein so kunstvolles Make-up, dass Prue auf den ersten Blick geglaubt hatte, er trage eine Maske. Erst als sie näher gekommen war, konnte sie erkennen, dass er seine Nase und sein Kinn mit Gips verlängert und haufenweise goldfarbene Schminke aufgetragen hatte. Prue musste sich eingestehen, dass er einen majestätischen Eindruck auf sie machte. Statt der üblichen weiten Clownhosen trug er einen Smoking, dessen Jacke jedoch bei näherem Hinsehen aus einem dehnbaren Stoff gefertigt war – beinahe wie ein Trikotanzug. Auf jeden Fall betonte das enge Kostüm seinen Körper ungemein. Ihre Augen wanderten von den wohlgeformten Beinen hinauf zu seinem Gesicht. Das Make-up erinnerte Prue an ein besonders fantasievolles Bild vom Mann im Mond, und als sie ihn von der Seite zu sehen bekam, glich sein Profil – mit dem verlängerten Kinn und der krummen Nase – einem Halbmond.

Sie erschrak regelrecht, als er einen Blumenstrauß aus dem Nichts hervorzauberte und ihn ihr überreichte.

»Oh, äh, danke«, sagte Prue, während sie sich insgeheim fragte, was sie nun mit den Papierblumen anfangen sollte. Doch sie musste nicht lange überlegen. Der weibliche Clown riss ihr den Strauß aus der Hand und fing an, mit ihm auf den Mann-im-Mond-Clown einzudreschen. Der große Clown sprang dazwischen, sodass alle drei sich an dem gestellten Streit beteiligten. Plötzlich kam der weibliche Clown auf Prue zu.

Einbeziehung des Publikums. Ich hasse das, dachte Prue und knirschte mit den Zähnen. Das Mädchen wedelte mit dem Zeigefinger vor Prues Nase herum, als wollte sie sie schelten, und tat dabei so, als würde sie in ein unsichtbares Horn blasen.

Okay, so langsam dürfte diese kleine Vorstellung zu Ende gehen, hoffte Prue insgeheim und hatte ein feines kleines Lächeln aufgesetzt, um den anderen nicht zu zeigen, wie verärgert sie eigentlich war.

Kristin brach in hysterisches Gelächter aus, krümmte sich vor Lachen und rang keuchend um Atem, während Phoebe und Piper voll und ganz damit beschäftigt waren, die Clowns weiter anzustacheln.

»Auf die musst du besonders achten«, erzählte Piper dem weiblichen Clown. »Sie wird versuchen, dir deinen Freund auszuspannen.«

»Piper!«, schimpfte Prue.

Inzwischen drängte Phoebe den Mann-im-Mond-Clown, Prue weiter nachzustellen. »Sie liebt dich, ich weiß es einfach«, erklärte Phoebe theatralisch, woraufhin der Clown sich vor Prue auf die Knie warf, als wollte er um ihre Hand anhalten.

Der weibliche Clown stürzte sich auf ihn, kletterte auf seine Schultern und schüttelte wütend seinen Kopf hin und her. Er tat, als wüsste er nicht, wo sie war, und gab sich angesichts der Schläge, die auf seinen Schädel einprasselten, vollends verblüfft. Schließlich pflückte der große Clown das Mädchen von dem Rücken des Mann-im-Mond-Clowns und setzte sie sich auf die eigenen Schultern, wo sie sicher und außer Reichweite war.

Prue applaudierte in der Hoffnung, dass dies die Clowns veranlassen würde, ihre Vorführung zu beenden. Es schien zu funktionieren. Phoebe, Piper und Kristin folgten ihrem Beispiel; Phoebe steckte sogar zwei Finger in den Mund und stieß einen schrillen Pfiff aus. Am Ende sprang das Mädchen von den Schultern des großen Clowns, direkt in die ausgestreckten Arme des Mann-im-Mond-Clowns.

»Das war ja so toll!«, schwärmte Kristin verzückt. »War das nicht einfach großartig?«

»Großartig«, murmelte Prue.

Als der attraktive Mann im Mond den weiblichen Clown wieder auf die Füße gestellt hatte, beugte sich der große Clown vor, um Prue die Hand zu schütteln. »Ich bin Kaboodle«, sagte er. »Und das ist meine Frau Masha.«

Das rundliche Mädchen verbeugte sich. »Und das ist Sacha«, sagte sie und deutete auf den Mann-im-Mond-Clown, der bekräftigend nickte.

»Wir werden uns vor allem mit Kaboodle und Masha beschäftigen«, erklärte Kristin. »Sie sind von allen Artisten am längsten dabei, und sie machen etwas wirklich Großartiges. Erzählt uns von der *Caring Clown Company*.«

»Gern«, entgegnete Kaboodle. Prue war ziemlich sicher, dass er bei dem Wort gegrinst hatte, aber das war unter dem gigantischen roten Lachmund, der sein ganzes Gesicht beherrschte, selbst aus der Nähe nur schwer zu erkennen.

»Masha und ich haben dieses Projekt vor einigen Jahren ins Leben gerufen«, sagte Kaboodle. »Wir wollten etwas für Kinder machen, mehr als nur die üblichen Auftritte bei den Vorstellungen. Also trommeln wir, überall dort, wo wir auftreten, Freiwillige zusammen, die mit uns die Kinderstationen in den Krankenhäusern besuchen.«

»Den Kids scheint das wirklich Spaß zu machen«, fügte Masha hinzu. »Aber ich glaube, uns bereitet die Sache noch mehr Freude als ihnen.«

»Wir versuchen dauernd, Sacha zu überreden, sich uns anzuschließen, aber bisher ziert er sich noch ein bisschen«, erzählte Kaboodle.

»Dräng ihn nicht«, tadelte Masha ihren Angetrauten. »Maiküken haben auch so schon genug Sorgen, als dass sie neben ihrer Arbeit noch zusätzliche Verpflichtungen gebrauchen könnten.«

Prue zog die Stirn in Falten. »Maiküken?« wiederholte sie fragend.

Masha lachte schallend. »Sorry, Schätzchen. Insidersprache. Ein Maiküken ist ein neuer Clown. Sacha ist erst in dieser Saison zu uns gestoßen.«

Prue fragte sich, ob Sacha sprechen konnte. Wie als Antwort auf ihre Gedanken, fügte Masha hinzu: »Kümmern Sie sich nicht um ihn. Er ist der starke, schweigsame Typ. Jeder von uns spielt seine eigene Rolle. Ich bin die Runde, Kaboodle der Große und Sacha der ...«

»Stille?«, beendete Prue den Satz für sie.

Sacha verbeugte sich grinsend.

»Sie werden feststellen, dass viele der Künstler ihre Rollen in Ihrer Gegenwart nicht ablegen werden, weil Sie Außenstehende sind.«

»Manche legen sie nicht einmal in unserer Nähe ab«, stimmte Masha ihm zu. Sie baute sich dicht neben Prue auf. Prue konnte die Theaterschminke und den Puder riechen. »Ich habe ihn trotzdem schon einmal sprechen gehört. Aber ich habe ihn tatsächlich noch nie ohne Make-up gesehen. Alle Frauen im Zirkus fragen sich, ob er wirklich so attraktiv ist, wie wir vermuten. Nicht wahr, Sacha?«

Sacha verdrehte die Augen, ehe er anfing, herumzustolzieren wie ein Pfau auf Brautschau. Piper und Phoebe taten, als wollten sie gleich in Ohnmacht fallen.

Kaboodle lachte. »Ihr zwei seid Naturtalente«, sagte er.

»Das kann ich bestätigen«, entgegnete Prue.

»Wissen Sie, wir suchen noch Leute vor Ort, die unsere Besuche bei den Kindern fortsetzen, wenn wir weiterziehen. Wären Sie interessiert?«, fragte Masha Piper und Phoebe.

»Klingt fantastisch«, sagte Piper begeistert.

Phoebe grinste Prue an. »Wir werden uns zu deinem schlimmsten Alptraum entwickeln«, neckte sie ihre ältere Schwester. »Du wirst mit zwei Clowns unter einem Dach leben.«

»Ihr seid schon die ganze Zeit hart an der Grenze zu Possenreißern«, konterte Prue.

Phoebe verzog das Gesicht, ehe sie anfing, Kaboodle über die Aufgaben der Freiwilligen auszufragen.

»Mach ein paar Bilder von den dreien«, mischte Kristin sich ungehalten ein. »Wir haben noch jede Menge Interviews auf dem Plan.«

Sacha, Masha und Kaboodle nahmen diverse Posen ein, während Prue Bilder von ihnen schoss. Der Tag war hell und sonnig, so dass sie auf zusätzliche Beleuchtung oder Blitzgeräte verzichten konnte.

»Okay«, sagte Kristin und zog ihr Notizbuch zu Rate. »Gehen wir meine Liste durch. Auf jeden Fall brauchen wir noch ein paar Bühnenfotos von der Vorführung.«

»Ich habe verschiedene Filme mitgebracht«, ließ Prue sie wissen. »Ich hatte mir vorgestellt, die Action-Aufnahmen in Farbe und die Interviewfotos in Schwarzweiß zu schießen.«

»Hervorragend.« Kristin ließ ein Tausend-Watt-Lächeln aufblitzen. »Damit können wir eine Menge Atmosphäre einfangen. Heute werden wir uns mit Mr. Amalfi unterhalten, dem Eigentümer und Zirkusdirektor. Und mit Ivan, dem Zigeunerfiedler.«

Sacha ließ den Zylinder fallen, mit dem er gerade noch herumgespielt hatte. »Ivan?«, fragte er.

Sämtliche Köpfe drehten sich ruckartig in seine Richtung. Bis zu diesem Zeitpunkt hatte er noch keinen Ton von sich gegeben, dementsprechend schlug dieses eine Wort ein wie eine Bombe.

»Stimmt etwas nicht?«, fragte Masha.

»Vielleicht sollten Sie die Fliegenden Cantonellis interviewen«, schug Sacha vor, während er den Zylinder aufhob. »Sie machen eine wunderbare Flugnummer. Ich glaube, das bringt mehr als ein Interview mit Ivan.«

Prue bemerkte, dass er mit einem Akzent sprach, konnte ihn aber nicht zuordnen. Außerdem fiel ihr auf, dass Sacha besorgt zu sein schien, weil sie vorhatten, mit Ivan zu sprechen.

»Warum sollten wir nicht mit Ivan sprechen?«, fragte sie. War es möglich, dass Sacha eifersüchtig war? Wollte er nur seine eigene Show im Mittelpunkt sehen?

»Ivans Auftritt ist etwas ganz Besonderes«, sagte Kristin. »Er muss interviewt werden. Das hat mein Chefredakteur ausdrücklich gewünscht. Und Mr. Amalfi, der Eigentümer, ebenso.«

»Entschuldigung.« Sacha verbeugte sich leicht. »Ich hätte das nicht sagen sollen. Ich spreche normalerweise nicht schlecht über meine Kollegen, umso weniger hinter ihrem Rücken. Lassen Sie es mich so sagen: Ivan ist nicht das Problem, aber die Probleme scheinen ihm sozusagen nachzulaufen, also passen Sie auf sich auf.«

Klingt ganz nach uns, den Zauberhaften Halliwells, dachte Prue. Uns scheinen die Probleme auch dauernd nachzulaufen.

Ihr fiel auf, dass Kaboodle und Masha einen ziemlich ernsten Blick wechselten. »Hat Sacha Recht?«, fragte sie die beiden. »Sollten wir Ivan lieber aus dem Weg gehen?«

Kaboodle schien sich nicht sonderlich wohl in seiner Haut zu fühlen. »Einige Leute glauben, dass sich Ivan in dieser Saison zu einer Art Pechvogel entwickelt hat. Da sind Dinge passiert ...«

»Manche glauben, Ivan sei verflucht«, beharrte Sacha.

»Nun reicht's, Sacha«, sagte Masha, und in ihrer Stimme klang ein warnender Ton an.

»Ich sage nur, was ohnehin fast jeder weiß«, protestierte Sacha.

»Was für ein großartiger Aufhänger!«, rief Kristin begeistert. »Der verfluchte Zigeuner. Zirkusaberglauben. Einfach toll!«

Wieder diese Sätze mit Ausrufezeichen, wie Prue entnervt feststellte.

Kristin sah auf die Uhr. »Ivan erwartet uns jetzt gerade in seinem Wohnwagen. Gehen wir!«

Prue schoss noch ein Bild von ihren Schwestern, wie sie mit den Clowns herumalberten. »So, nun habe ich einen unwiderlegbaren Beweis in der Hand«, stichelte sie, ehe sie ihre Sachen zusammensammelte.

»Viel Spaß bei der Aufführung«, rief Kaboodle. Dann purzelten die drei Clowns von dannen. Im wahrsten Sinne des Wortes.

Prue sah ihnen kopfschüttelnd nach. Wie machen die das bloß? Die müssen doch aus Gummi und Sprungfedern bestehen.

»Das war doch gar nicht so schlimm, oder, Schwesterherz?«, fragte Piper.

»Ich hab's überlebt«, antwortete Prue.

»Ich fand, sie waren richtig süß!«, schwärmte Phoebe. »Ich werde ganz bestimmt versuchen, bei ihrem Projekt mitzumachen.« Prue beobachtete, wie der Blick ihrer Schwester zu einigen ziemlich spärlich bekleideten Zirkusarbeitern wanderte. »Aber jetzt würde ich mich gerne erst einmal ein bisschen umsehen.«

»Habt ihr eure Ausweise?«, fragte Prue.

»Haben wir«, sagte Piper, und Phoebe nickte.

»Wir sehen uns dann nach der Aufführung. Wartet einfach im Zelt, dann werde ich euch schon finden.«

»Abgemacht.«

»Komm schon, Prue«, rief Kristin, die sich bereits forschen Schrittes von den Wohnwagen entfernte. »Wir wollen doch Ivan nicht warten lassen.«

»Schon unterwegs.« Prue winkte ihren Schwestern noch einmal zu, ehe sie ihnen den Rücken zukehrte, um Kristin zu folgen.

Iiiihhhh! Was ist das für ein ekliges, schleimiges Gefühl zwischen meinen Zehen? Prue blickte an sich herab. Oh, nein! Das sieht aus wie ... Tatsächlich, Elefantenscheiße.

»Großartig«, murmelte Prue. »Die Pechsträhne von diesem Ivan hat jetzt schon auf mich übergegriffen. Und was kommt als Nächstes?«

3

Piper atmete tief ein und zog die Nase kraus. Sie nahm den süßen Duft von Zuckerwatte und Popcorn wahr, vermengt mit den Ausdünstungen der Tiere und dem Schweiß der Arbeiter. Das Ergebnis war ein derber, intensiver Geruch, und sie mochte ihn. Es gefiel ihr, die Wärme der Sonne auf ihren nackten Armen zu spüren und dem geschäftigen Treiben der Leute um sie herum zuzusehen.

Prues Haltung gegenüber dem Zirkus war ihr unverständlich. Was gab es hier nicht zu mögen? Sie jedenfalls fühlte sich, als wäre sie noch einmal zehn Jahre alt. Ein willkommenes Gefühl nach all den Kämpfen gegen Dämonen, die sie und ihre Schwestern bereits überstanden hatten. Es war großartig, vorübergehend der Pflicht zu entfliehen, der Pflicht, die Unschuldigen zu beschützen und einander gegen Hexenmeister zu verteidigen, die ihnen nach dem Leben trachteten.

Die jaulenden Klänge eines Harmoniums entlockten ihr ein breites Lächeln. Es hörte sich so fröhlich an, so angefüllt mit kindlichem Überschwang.

Sie sah sich nach Phoebe um. Offenbar war ihre Schwester ebenso gefangen von diesem sorglosen Gefühl von Freiheit. Phoebe beobachtete neugierig einen Clown, der damit beschäftigt war, ein kleines Mädchen zu schminken. Das Kind kicherte vor Vergnügen, und Phoebe stimmte in das fröhliche Kichern mit ein.

»Hey, schöne Frau, wie wäre es mit einem Hut?« Piper folgte dem Klang der Stimme und erblickte in einem Verkaufsstand einen jungen Mann mit wirrem blonden Haar, der Luftballons in alle nur denkbaren Formen verdrehte und zu Hüten formte. Er hielt Piper einen Schwan hin.

»Soll ich den etwa aufsetzen?«, fragte sie lachend.

Der junge Mann setzte den Schwan vorsichtig auf Pipers Kopf.

»Hübsch.« Er zwinkerte ihr zu. »Und der Hut ist auch nicht schlecht.«

Piper wühlte eine Weile in ihrer Tasche herum und gab dem Burschen einen Dollar. Er schien noch ziemlich jung zu sein. Piper bezweifelte, dass er schon das College beendet hatte.

»Oooh, was hast du denn da?« Phoebe war plötzlich neben Piper aufgetaucht und verzog die Lippen zu einem spöttischen Grinsen, als sie den Ballon-Schwan auf Pipers Kopf beäugte. »Mensch, Piper. Der steht dir ausgezeichnet.«

»Noch ein schönes Mädchen. Für Sie werde ich mir etwas ganz Besonderes ausdenken müssen.« Der Junge bearbeitete seine Ballons, und plötzlich hockte eine pinkfarbene Giraffe auf Phoebes Kopf.

»Siehst du?«, kommentierte Piper. »Gib dich geschlagen. Er ist einfach unwiderstehlich.«

»Du hast Recht. Ich muss dieses Ding einfach haben.« Phoebe griff in die Tasche ihrer Jeans und zog einen Geldschein hervor, den sie auf den Teller fallen ließ, mit dem der Junge sein Geld einsammelte.

»Eure Telefonnummern wären mir lieber«, sagte der junge Mann.

»Sorry«, sagte Piper lächelnd. »Aber wir gehen nur mit Erwachsenen aus.«

Dann hakte sie sich bei Phoebe unter, und sie eilten kichernd von dannen.

Unterwegs kamen sie an einer Mutter vorbei, die versuchte, ihr kleines Kind zu trösten. Das Eis auf dem Boden vor den Füßen des Mädchens verriet Piper den Rest der Geschichte. Sie zog den Ballon-Schwan-Hut von ihrem Kopf und gab ihn dem kleinen Mädchen, deren Tränen augenblicklich versiegten.

»Danke«, sagte die Mutter in warmem Ton.

»Danke«, sagte auch das Mädchen, ohne dabei auch nur für einen Moment die Augen von dem Ballon abzuwenden.

Piper grinste. Manche Probleme zu lösen war einfach ein Kinderspiel. Zusammen mit Phoebe setzte sie ihren Weg fort.

»Hier gibt es eine Menge ziemlich appetitlicher Sahnehäppchen«, bemerkte Phoebe mit einem Blick auf die Menschen um sie herum.

»Wollen Sie Ihr Glück versuchen?«, rief ein attraktiver junger Schausteller. Kräftige Muskeln wölbten sich unter seinem roten T-Shirt, während er ihr drei Ringe entgegenstreckte.

»Sicher«, sagte Phoebe.

Der Mann beäugte Phoebes Giraffenhut. Piper wandte sich ab, um ihr Grinsen zu verbergen. Offenbar hatte Phoebe den Ballonhut vollkommen vergessen und konzentrierte sich nun voll und ganz darauf, den hübschen Knaben zu umgarnen.

»Also, wie funktioniert das Spiel?«, fragte Phoebe, während sie dem stattlichen Burschen einen koketten Blick zuwarf.

»Ohne Tier ginge es wohl einfacher«, bemerkte der Bursche.

»Häh?«

Piper zupfte an Phoebes Ärmel und deutete auf ihren Kopf. Phoebes Hände flogen förmlich zu dem Ballonwesen auf ihrem Schopf. »Ach ja, richtig.«

Sie nahm den Hut ab und strich ihr Haar glatt. »Versuchen wir es noch einmal«, sagte sie. »Also, wie funktioniert das Spiel?«

»Hey Mädchen, wirf doch dein gutes Geld nicht diesem Möchtegernartisten vor die Füße«, sagte eine raue Stimme. »Jim, arbeitest du immer noch mit denselben alten Tricks?«

Piper drehte sich um, um zu sehen, wer sie gewarnt hatte. Igitt! Ein stämmiger Mann, dessen Körper mit Tätowierungen übersät war, stand direkt hinter ihnen. Weder die drei Ohrringe noch das zerfetzte schwarze Shirt oder die Tätowierungen waren für Pipers lautstarkes Entsetzen verantwortlich, sondern die gewaltige Schlange, die auf den Schultern des Mannes lag.

»Gib mir doch eine Chance, Ralphie«, beklagte sich Jim, der Schausteller mit den Ringen. »Diese Mädchen könnten glatt auf dein Gerede hereinfallen.«

Ralphie trat einen Schritt auf Piper und Phoebe zu. Piper drückte sich gegen die Wand der Bude. Sie musste sich zwingen, ihre magischen Kräfte nicht dazu zu missbrauchen, den Burschen samt Schlange an Ort und Stelle einzufrieren. Auf keinen Fall wollte sie, dass diese Schlange ihr noch näher kam.

»Pass nur auf«, sagte Ralphie, während er drohend den Zeigefinger vor dem Mann in der Bude schüttelte. »Und mein Name lautet Raphael, wenn du so freundlich wärest.« Er vollführte eine angedeutete Verbeugung vor Phoebe. »Und mit wem habe ich die Ehre?«

Phoebe starrte die Schlange aus geweiteten Augen an. Die Schlange starrte zurück.

»Jedes Mal, wenn eine hübsche Kundin auftaucht, versucht Ralphie-Boy, sich vorzudrängeln«, beklagte sich Jim. Aber Piper konnte deutlich erkennen, dass er Ralphie offenbar gern hatte. Allerdings fragte sie sich, wie er zu der Schlange stehen mochte, die – uhh! – geradewegs in ihre Richtung züngelte.

»Oh, lassen Sie sich von Isabella nicht beeindrucken, junge Dame«, sagte Raphael. »Sie möchte Sie nur besser kennen lernen, nicht wahr, meine Süße?« Noch mehr uhh! Er küsste die Schlange doch tatsächlich auf die Lippen. Vorausgesetzt, sie hatte überhaupt Lippen.

Raphael trat noch einen Schritt näher an Phoebe heran. Er geiferte geradezu, und Piper stellte erleichtert fest, dass die Schlange seinem Beispiel nicht folgte.

Phoebe schien sich mehr an Raphael als an der Schlange zu stören. »Sie ... sie ist irgendwie hübsch«, sagte sie unsicher.

»Nur zu, schöne Frau, streicheln Sie sie.« Raphael hielt ihr die Schlange hin. Erst rollte sich das Tier auf, streckte sich dann aber Phoebe entgegen, und Piper sah verblüfft zu, wie ihre Schwester den Kopf der Schlange streichelte.

Raphael grinste, als die Schlange sich um Phoebes Arm wickelte, und Pipers Magen schlug Purzelbäume, als die Schlange auf Phoebes Schulter kroch.

»Jetzt sind Sie dran«, sagte Raphael und wandte sich Phoebe zu. Er hielt das rückwärtige Ende der Schlange mit den Händen und schien im Begriff zu sein, ihr das Ding über die Schultern zu legen.

»Äh, nein, ich glaube nicht ...« Piper wich zurück.

Glücklicherweise hörte sie in diesem Augenblick, wie jemand ihren Namen rief.

»Ich muss gehen! Da ruft jemand!« Piper wirbelte um die eigene Achse und überließ Phoebe Raphael und seiner Schlange. Nun, schließlich war Phoebe schon ein großes Mädchen. Sie konnte gut auf sich selbst aufpassen, und Isabella schien sie nicht allzu sehr zu stören.

»Piper, hier drüben!«, rief die Stimme. Piper hatte sich bereits einige Meter von Raphael und der Schlange entfernt, bevor sie es wagte, sich umzudrehen, um festzustellen, wer nach ihr gerufen hatte.

Sie war ziemlich überrascht, als sie sah, wie ein hochgeschossenes zwölfjähriges Mädchen auf sie zugerannt kam und dabei ununterbrochen ihren Namen rief.

»Jenny?«, sagte Piper.

Hinter Jenny lief ein großer, attraktiver Mann. Pipers Herz schlug ein bisschen schneller beim Anblick seines energischen Kinns, der hohen Wangenknochen und der dunkelgrauen Augen. »Und Dan, natürlich«, sagte sie.

Die Entscheidung, sich nicht länger mit Dan zu treffen, war für Piper eins der schwersten Dinge gewesen, die sie je hatte tun müssen. Schwerer als der Kampf gegen das Böse. Zumindest stellte sich beim Kampf gegen Dämonen nicht die Frage, ob man das Richtige tat. Und man verletzte niemanden, den man eigentlich doch gern hatte. Das war eine einfache Geschichte, nur Schwarz und Weiß, keine Graustufen. Dan dagegen …

Piper schüttelte den Kopf. Du hast das Richtige getan, sagte sie sich. Deine Gefühle für Leo waren einfach zu stark, und du musstest dieser Beziehung eine faire Chance einräumen.

Aus Dans Blick schloss Piper, dass er unsicher war, wie sie auf seinen Anblick reagieren würde.

Jenny hingegen war schlichtweg entzückt. Ihr breites Grinsen sagte einfach alles.

Jenny, Dans Nichte, hatte dafür gesorgt, dass die Halliwells ihren attraktiven Nachbarn überhaupt erst kennen gelernt hatten. Sie war bei ihrem Onkel zu Besuch gewesen, als sie gerade mit typischen Mädchenproblemen zu kämpfen hatte. Piper war hilfreich in die Bresche gesprungen – und in Dans Leben. Später hatte sie dann festgestellt, dass es besser war, wieder hinauszuspringen.

Piper seufzte. Warum kann niemals irgendetwas einfach sein?, fragte sie sich wohl zum millionsten Mal.

Jenny schlang die Arme um Piper. »Piper! Das ist toll! Ich bin so froh, dich zu sehen.«

Piper stolperte ein paar Schritte rückwärts, von Jennys stürmischer Umarmung aus dem Gleichgewicht gebracht – und, nicht zu vergessen, von Dans Anblick.

»Hi«, sagte Dan, und die Vorsicht in seiner Stimme war unüberhörbar.

Piper schob eine Haarsträhne hinter ihr Ohr. »Hi«, entgegnete sie.

Jenny strahlte. »Ich kann gar nicht glauben, dass wir ausgerechnet dich hier treffen. Jetzt ist dieser blöde Zirkus vielleicht doch nicht mehr so langweilig.«

»Langweilig?«, wiederholte Piper, überrascht angesichts Jennys ablehnender Haltung.

Jenny verdrehte die Augen. »Onkel Dan hält mich für ein Baby. Das hier ist was für kleine Kinder.«

»Ich weiß nicht«, sagte Piper. »Mir gefällt es.«

Doch während sie Jenny betrachtete, erinnerte sie sich, wie sie sich in ihrem Alter gefühlt hatte. Sie hatte unbedingt erwachsen sein wollen, so sehr, dass sie alles, was den Beigeschmack von Kinderkram hatte, rundweg abgelehnt hatte.

»Was machst du hier?«, fragte Jenny.

»Prue hat hier einen Auftrag als Fotografin zu erledigen, und dabei hat sie auch für uns ein paar Bühnenausweise herausgeschunden.«

»Ihr dürft hinter die Bühne und überallhin?«, fragte Jenny, und plötzlich leuchtete neu erwachtes Interesse in ihren braunen Augen auf.

Piper nickte. Dans Schweigen war ihr nur zu deutlich bewusst. Und ihr war ebenso bewusst, dass sie ihn, seit sie sich hier begegnet waren, noch nicht ein einziges Mal direkt angesehen hatte. Muss das immer so peinlich sein?, fragte sie sich im Stillen.

Jenny wandte sich an Dan und ergriff seinen Arm. »Lass uns bei Piper bleiben«, bettelte sie, wobei sie flehentlich an seinem Arm zupfte. Dans Blick wanderte zu Pipers Augen.

»Nun, ich nehme an, diese Ausweise gelten nur für bestimmte Personen«, sagte Dan.

Piper wusste, dass er versuchte, sich möglichst taktvoll aus der Schlinge zu ziehen, aber sie konnte sich dem Stich nicht verschließen, den Jennys enttäuschte Miene ihr versetzte.

»Na ja, vielleicht klappt es ja trotzdem«, sagte sie langsam.

»Vermutlich wäre es einfacher, wenn nur ihr zwei zusammen unterwegs wäret«, schlug Dan vor.

Piper war ihm dankbar für diesen bequemen Ausweg aus ihrem Dilemma.

»Außerdem macht es doch bestimmt viel mehr Spaß, mit Piper herumzuhängen als mit mir, richtig?«, fragte er Jenny schmunzelnd.

»Absolut«, verkündete Jenny.

Dan lachte über ihre begeisterte Zustimmung. »Hmm, ich glaube, ich sollte jetzt beleidigt sein.«

»Das ist mehr was für Mädchen«, erklärte Piper.

»Genau.« Jenny strahlte.

»Dann bringen wir Jenny später am Abend nach Hause«, sagte Piper zu Dan. »Wir werden uns die Spätvorstellung ansehen.«

Dan nickte. »Klingt nach einem vernünftigen Plan.« Er wandte sich erneut an Jenny. »Benimm dich nur ja nicht unmöglich.«

»Dan ...«, wollte Jenny protestieren.

Dan streckte ihr die Zunge raus, und sie verdrehte die Augen. »Du bist unmöglich«, konterte sie.

»Viel Spaß!« Dan bedachte Piper mit einem versonnenen Blick, ehe er in der Menge verschwand.

Piper fühlte einen weiteren Stich im Herzen, als sie ihm nachblickte. Hör auf damit!, ermahnte sie sich. Er kommt ganz gut ohne dich zurecht, und du bist glücklich mit Leo. Dan ist Vergangenheit, also belass es dabei!

Jenny stieß einen lauten, theatralischen Seufzer aus. »Ich wünschte, du und Dan, ihr hättet euch nie getrennt.«

Na großartig, jetzt kann's losgehen. Begeben wir uns in den Morast der Schuldgefühle, stöhnte Piper innerlich. Was sollte sie darauf antworten? Und wohin war Phoebe verschwunden. Sie hätte Piper eine willkommene Ablenkung bieten können.

»Ich weiß, Schätzchen«, sagte Piper zu Jenny. »Aber manchmal soll es einfach nicht sein.«

»Aber ihr beide habt perfekt zusammengepasst. Und er war so glücklich«, sagte Jenny bestimmt. »Das weiß ich ganz genau.«

Dieses Mal war Piper diejenige, die seufzte. Sie wollte dieses Thema so schnell wie möglich fallen lassen. »Oh, sieh mal, Zuckerwatte. Ich könnte eine vertragen, und wie steht es mit dir?«

Ohne eine Antwort abzuwarten, schob Piper Jenny auf den Zuckerwattestand zu. »Wir möchten zwei ganz große Portionen«, erklärte sie dem Verkäufer. Extra-klebrig, um Jennys Mund mit anderen Dingen zu beschäftigen, fügte sie in Gedanken hinzu.

Sie nahmen die Papiertüten entgegen und naschten von der luftigen Zuckermasse. Während sie sich durch die Menge wühlten, fragte sich Piper, ob ganz San Francisco sich hier herumtrieb. Sie dirigierte Jenny an einigen Spaziergängern vorbei und warf das klebrige Papier in einen Abfalleimer.

»Mjam«, sagte Piper und leckte sich die Finger. Jenny verschlang den letzten Rest rosaroter Watte und warf ihre Tüte ebenfalls in den Abfalleimer.

»Hast du Lust, ein Wurfspiel zu versuchen?«, fragte Piper. »Vielleicht können wir ein Stofftier gewinnen.«

Jenny betrachtete mit gerunzelter Stirn das Gedränge und all die Stände um sie herum. »Ich weiß nicht, wofür ich mich entscheiden soll«, gestand sie. »Können wir nicht einfach alles ausprobieren?«

Piper lächelte. »Sicher!« In Jennys Alter wäre es ihr genauso ergangen. »Phoebe und ich haben versprochen, uns nach der ersten Vorstellung mit Prue im Zelt zu treffen«, erzählte sie Jenny mit einem Blick auf ihre Armbanduhr. »Es ist bald so weit.«

Piper blies sich eine Haarsträhne aus dem Gesicht. Sie wollte sie mit ihren klebrigen Fingern nicht anfassen. »Ich sag dir was, wir suchen uns eine Waschgelegenheit, und dann entscheiden wir uns noch für eine Sache, die wir vor der Vorstellung machen wollen. Danach überlegen wir uns etwas Neues. Vielleicht hat Phoebe auch Lust, uns zu begleiten.«

»Klingt toll«, stimmte Jenny begeistert zu.

Als Piper schließlich feststellen musste, dass es in ihrer näheren Umgebung nur mobile Toilettenhäuschen gab, kaufte sie eine Flasche Wasser, und sie und Jenny benutzten es dazu, ihre mit Zuckerwatte verklebten Finger zu säubern.

»Sauber genug«, verkündete Piper. »Was jetzt?«

Während ihrer erfolglosen Suche nach einer Waschgelegenheit waren Piper und Jenny bis zu den letzten Buden geschlendert, die hier weiter auseinander standen, während die Bäume wieder dichter beieinander standen.

»Was ist das?«, fragte Jenny.

Pipers Blick folgte der Richtung, in die Jenny deutete. Zwischen zwei mächtigen Bäumen kauerte ein bunter Wagen, vor dem – im Schatten einer gestreiften Markise – ein wackliger Kartentisch mit zwei Stühlen stand.

»Ich weiß nicht«, sagte Piper. »Wie wäre es, wenn wir es herausfinden?«

Piper und Jenny schlenderten zu dem Wagen hinüber. Erst als Piper sich dem Gefährt näherte, erkannte sie dessen kunstvolle Dekoration. Jeder Quadratzentimeter war sorgsam bemalt worden. Die Zeichen des Tierkreises waren mit Blattgold auf dem Wagen angebracht worden. Mond, Planeten und Sterne waren aus getriebenem Silber gefertigt. Stilisierte Blumenmuster verliefen über die obere und untere Kante der hölzernen Wände, den Raum dazwischen füllten rote und grüne Spiralen. Im vorderen Bereich des

Wagens reckte sich über dem Fahrersitz ein Rauchabzug himmelwärts. Piper fragte sich, wo die Pferde sein mochten, denn dieses Gefährt war offensichtlich auf echte *Pferde*stärken angewiesen.

»Das ist wunderschön«, murmelte Jenny.

»Das ist es tatsächlich«, stimmte Piper zu.

Eine große, schlanke Frau in purpurnen Leggings und einem übergroßen weißen Sweatshirt trat aus dem Wagen heraus. Ihr folgte eine stämmige ältere Frau in einem kunstvollen Zigeunerkostüm. Goldmünzen baumelten an der Schärpe, die sie sich um den Kopf gebunden hatte. Sie trug gleich mehrere Röcke übereinander und zierte ihre füllige Leibesmitte mit einer weiteren Schärpe. Unter einer reich bestickten Weste hatte sie eine weiße Bluse an, deren Ärmel mehrmals umgekrempelt waren und den Blick auf eine Flut von Armreifen freigaben.

Die junge Frau strich ihr kastanienbraunes Haar zurück und klopfte auf eine kleine Samttasche, die an einem Band von ihrem Hals hing.

Piper erschrak. Der Samtbeutel sah irgendwie geheimnisvoll aus, als würde er eine Art Amulett enthalten.

»Ich bin dir ja so dankbar, Olga«, sagte die Frau mit dem kastanienbraunen Haar.

»Ich muss dich warnen, Miranda«, sagte Olga mit rauer Stimme. Ein schwerer Akzent haftete ihren Worten an. »Du hast ein Auge auf den falschen Mann geworfen. Und es gibt nichts, was dieser Talisman tun könnte, um dich vor dem Kummer zu bewahren, den er dir bringen wird.«

Die Frau schüttelte den Kopf. »Du irrst dich«, widersprach sie. »Wenn dieser Talisman erst seine Wirkung zeigt und er mich liebt, wirst du schon sehen. Alles wird wunderbar.« Erneut betastete sie den Samtbeutel. »Und wenn er mich erst liebt, dann bekommst du auch noch eine Belohnung.«

Olga schüttelte den Kopf. »Du wirst meine Hilfe brauchen, wenn du diesen Mann liebst.«

Miranda wurde auf Piper und Jenny aufmerksam, und eine sanfte Röte überzog ihre zarten Züge. Olga folgte dem Blick der jüngeren Frau.

»Wollt ihr in die Zukunft schauen?«, rief Olga Piper und Jenny zu. Sie schnippte mit den Fingern in Mirandas Richtung, offensichtlich erpicht darauf, die junge Frau zu verscheuchen, nun, da neue Kundschaft aufgetaucht war. Hastig eilte Miranda davon.

Olga trat einen Schritt näher. »Kommt und seht, was die Zukunft für euch bereithält. Kommt zu Olga, die es euch sagen kann.«

Jenny ergriff Pipers Hand. »Los, gehen wir hin.«

Piper begrub ihre Hoffnungen auf einen magiefreien Tag, obwohl sie hauptsächlich aus diesem Grund hergekommen war.

»Soll ich euch von einem Fluch befreien? Unglück über eure Feinde bringen? Herausfinden, wer gerade an euch denkt? Olga, die hellsichtige Zigeunerin sieht und weiß alles!«

Olga ergriff ein Tamburin, das neben der Tür gehangen hatte, und schlug es rhythmisch gegen ihre Hand. Das Instrument hatte einen hellen, klimperartigen Klang, aus dem Piper jedoch sofort schloss, dass die Frau nichts weiter als eine Schwindlerin war. Sie befanden sich offenbar doch in einer völlig magiefreien Zone, was Piper nur Recht sein konnte. Außerdem wirkte Jenny furchtbar aufgeregt. Der Besuch bei Olga würde zumindest recht unterhaltsam sein.

»Okay«, sagte Piper. »Geh hin.«

»Danke!« Jenny rannte zu Olga. »Darf ich in den Wagen gucken?«

»Ah, dir gefällt mein *Vardo?*«, fragte Olga. »So nennen wir Zigeuner unsere Häuser auf Rädern.« Sie musterte Jenny eingehend. »Es erfordert viel Vertrauen, wenn eine Zigeunerin einen *Gaujo* in ihren Vardo einladen soll. In einem Vardo sind die Geister stets zugegen, und wir stören sie nur ungern. Aber, ja ... ich glaube, du und deine Freundin seid willkommen.«

»Cool!« Jenny drehte sich zu Piper um. »Komm schon!«

Ich frage mich, was mich das kosten wird, dachte Piper. Je ausführlicher das ganze Theater, so überlegte sie, desto höher das Honorar.

Trotzdem folgte Piper Jenny und Olga in den Vardo. Selbst in dem vorherrschenden trüben Licht erkannte sie, dass der Wagen von innen ebenso bunt war wie von außen. Ein scharfer Geruch hing in der Luft, und Piper vermutete, dass Olga bei der Herstellung des Liebeszaubers für Miranda Weihrauch verbrannt hatte.

Auf einem altmodischen Ofen im vorderen Teil des Wagens stand ein riesiger Kessel. Der hintere Teil, in dem sich vermutlich die Schlafstätten befanden, war mit einem Vorhang abgetrennt. Ansonsten war der Vardo vollgestopft mit allerlei magischen Gegenständen, Töpfen, Pfannen, Geschirr und Kleidungsstücken. Kräuterbündel hingen zum Trocknen an den Fenstern, und Gläser mit diversen dickflüssigen Mixturen füllten mehrere Regale. Sämtliche Flächen waren mit einer dicken Staubschicht überzogen, und ein merkwürdiger Rauch hing in der Luft.

In der Mitte des Raumes stand ein kleiner, mit einem schwarzen Samttuch bedeckter Tisch, auf dem sich eine Kristallkugel befand. Muscheln, gefüllt mit Kräutern und Blüten, waren rund um die Kristallkugel herum angeordnet. Piper nahm an, dass sie von der letzten Sitzung übrig geblieben waren. Außerdem entdeckte sie noch mehrere abgenutzte Kartenspiele auf einem Stuhl neben dem Tisch.

»Schmeichle meiner Hand mit Silber, dann werde ich dir deine Zukunft weissagen«, sagte Olga zu Jenny, ehe sie dem Mädchen bedeutete, auf einem Stuhl am Tisch Platz zu nehmen.

»Oh, äh, wie viel Silber?«, fragte Jenny verunsichert, während sie in ihrer Gürteltasche herumwühlte.

»Ich bezahle«, sagte Piper. »Also, wie viel kostet einmal Kartenlegen?«

Olgas Augen verengten sich, als sie Pipers Gesicht studierte. Offenbar versuchte sie herauszufinden, wie viel sie verlangen konnte. Hoffentlich sehe ich nicht aus, als wäre ich reich.

»Der Grundpreis beträgt fünf Dollar«, sagte Olga achselzuckend. »Bei Bedarf biete ich auch tiefer gehende Sitzungen an.«

Piper reichte Olga einen brandneuen Fünf-Dollar-Schein. Olga nahm ihn ihr nicht gleich aus der Hand. Stattdessen standen sie und Piper für einen Augenblick Hand in Hand da, die Banknote zwischen den Handflächen eingeklemmt. Olgas Blick bohrte sich in Pipers Augen, und Piper fing an, sich unter dem forschenden Blick ziemlich unbehaglich zu fühlen. Gleich darauf ließ Olga ihre Hand los, lächelte und steckte den Geldschein in ihre Rocktasche.

Unheimlich, dachte Piper. Dann zwängte sie sich hinter Jennys Stuhl, während Olga ihren Platz auf der gegenüberliegenden Seite des Tisches einnahm.

Olga ergriff Jennys Hand und studierte sie eine Weile, ehe sie Jenny in die Augen blickte. »Ah, nun sehe ich etwas, ja. Du hättest gern ein paar Antworten.« Sie lächelte, und ihre ledrige Haut verzog sich zu einem Netzwerk unzähliger Falten und Fältchen. »Soll ich dir vielleicht etwas über deinen Freund erzählen?«, zog Olga das Mädchen auf.

»Ich habe keinen Freund«, erwiderte Jenny kichernd.

»Das weiß ich«, schwenkte sie sofort um. »Ich wollte dich nur ein wenig auf den Arm nehmen.«

Piper musste ein Lachen unterdrücken. Und wie du das gewusst hast, dachte sie. So wie ich die Börsenkurse von morgen kenne.

»Was möchtest du wissen, mein Kind?«, fragte Olga.

»Äh ...« Jenny legte den Kopf auf die Seite, als müsste sie erst über diese Frage nachdenken. »Jetzt hab ich's!« Sie wirbelte auf dem Stuhl herum und starrte Piper an. »Wir können die Karten nach dir und Dan befragen.« Dann drehte sie sich wieder um und wandte sich an Olga. »Ich möchte gerne Folgendes wissen: Werden Piper und Dan wieder zusammenkommen?«

Olga wählte einen Satz Karten aus dem Stapel, der neben ihr auf dem Stuhl lag, und mischte sie. »Ah, ich verstehe, gebrochene Herzen, ja?« Ihre Augen richteten sich für einen kurzen Augenblick auf Piper.

Piper verschränkte die Arme vor der Brust und schüttelte bedeutsam den Kopf. Für den Fall, dass Olga diese Geste entgangen sein sollte, legte sie die Finger wie zum Gebet zusammen und schüttelte noch einmal den Kopf, dieses Mal mit allem Nachdruck.

Olga deckte eine Karte auf und schüttelte mitfühlend den Kopf. »Oh, das ist keine viel versprechende Karte, wenn es um die Liebe geht«, sagte sie.

Piper gab einen kaum merklichen Seufzer der Erleichterung von sich. Olga hatte ihre stumme Botschaft klar und deutlich verstanden.

»Wird denn gar nichts Gutes passieren?«, fragte Jenny.

Olga warf erneut einen kurzen Blick zu Piper, doch die zuckte nur mit den Schultern. Sie wusste nicht, was Olga darauf antworten könnte, aber Olga war durchaus einfallsreich.

»Aber natürlich«, sagte sie. »Das Gute ist, dass beide sich aus dieser Beziehung lösen und eine neue Liebe finden werden.«

Jenny runzelte die Stirn.

»Möchtest du denn nichts über dich selbst wissen?«, fragte Piper Jenny, wobei sie die herabgesackten Schultern des Mädchens kurz drückte. »Wir könnten es mit einer anderen Methode versuchen.« Sie hoffte, dass Olga Jennys Enttäuschung bemerken und sich etwas Aufmunternderes für das Mädchen ausdenken würde.

»Ich weiß nicht ...«, murmelte Jenny.

»Die Geister führen mich«, verkündete Olga. Dann legte sie die Karten weg und zog die Kristallkugel näher an sich heran.

Mit beiden Händen strich sie über die Kugel. »Ich sehe etwas im Nebel.« Ihre Stimme wurde leiser, bis nur noch ein monotones Flüstern zu hören war. Sie war eine verdammt gute Schauspielerin, wie Piper feststellte.

»Ja, ja«, krächzte Olga. »Etwas Positives. Ein großer Erfolg wartet auf dich, junge Dame. Eine Art Gewinn. In der Liebe? In einem Wettbewerb? In ...«

»Wird meine Fußballmannschaft das Turnier gewinnen?«, fragte Jenny begierig, wobei sie sich vorbeugte und versuchte, selbst etwas in dem Kristall zu erkennen.

»Wenn alle Dinge so eintreffen, wie sie sich mir in diesem Augenblick zeigen, dann lautet die Antwort: ja«, prophezeite Olga.

Das nenn ich eine Antwort, dachte Piper, aber sie bewunderte Olgas geschickte Art, eine Antwort so zu formulieren, dass sie in jedem Fall zutraf, egal, was geschehen mochte.

Jenny war höchst zufrieden. »Toll!«, jubelte sie. »Ich wusste, wir würden es schaffen.«

»Und wenn wir es noch rechtzeitig zur Vorstellung schaffen wollen, dann müssen wir uns beeilen«, bemerkte Piper. »Es geht gleich los.«

»Okay.« Jenny stand auf und bedankte sich bei Olga.

»Es ist mir immer eine Freude, eine glückliche Zukunft vorherzusagen«, sagte Olga.

Piper und Jenny verließen den bunten Wagen, und Piper musste einige Male blinzeln, bis sich ihre Augen wieder an das helle Licht außerhalb des düsteren Vardo gewöhnt hatten.

Olga hatte ihre Hinweise in beachtlicher Weise aufgenommen, und sie beschloss, der Frau noch einen Obolus zu hinterlassen. »Warte hier«, wies sie Jenny an. »Ich muss Olga noch etwas sagen.«

»Kein Problem«, entgegnete Jenny und machte sich daran, ein Regal unter die Lupe zu nehmen, das an einem Baum neben dem Wagen befestigt war. Dort hatte Olga allerlei bunte Schärpen und andere Kleinigkeiten zum Verkauf ausgestellt.

Piper ging zurück in den Vardo. Olga kehrte ihr den Rücken zu, versteifte sich jedoch augenblicklich bei ihrem Eintreten. »Ich fühle Gefahr«, murmelte sie.

Sie hat es wirklich drauf, stellte Piper im Stillen fest.

Olga drehte sich um, und der sengende Blick aus ihren dunklen Augen versetzte Piper einen Schrecken.

Dann streckte Olga die Hände nach ihr aus. »Sie müssen diesen Ort verlassen, und Sie dürfen nie wiederkehren.«

4

Aus geweiteten Augen starrte Piper die Wahrsagerin an. Die Miene der Frau war unmissverständlich.

Olga klammerte sich an der Tischkante fest. »Hören Sie mir zu«, sagte sie zu Piper. »Sie sind in großer Gefahr. Im Zirkus ist es nicht sicher für Sie. Halten Sie sich fern von hier.«

»Was meinen Sie damit?« Warum will Olga mich von hier vertreiben, fragte sie sich. Oder meinte sie alle Zirkusse? Piper schüttelte verwundert den Kopf. »Sie haben die falsche Halliwell erwischt«, sagte sie in dem Versuch, die ganze Geschichte ins Lächerliche zu ziehen. »Meine Schwester Prue ist die mit dem Zirkusproblem.«

Olga sackte am Tisch in sich zusammen. »Überall um Sie herum kann ich ein ungewöhnliches Energiefeld spüren. Es zieht die dunklen Mächte an.«

Okay, jetzt bin ich also offiziell auf einem Horrortrip, dachte Piper. War es möglich, dass Olga ihre Hexenkräfte fühlte? Piper fragte sich, ob die Frau tatsächlich das besaß, was die Zigeuner das zweite Gesicht nannten?

Vielleicht hatte sie Jenny doch nicht alles nur vorgespielt.

»An diesem Ort sind böse Mächte am Werk«, sagte Olga. »Sie sehen nur die hübschen bunten Lichter, hören die fröhliche Musik. Aber das ist die Maske, hinter der sich die dunklen Mächte verbergen. Sie müssen sehr vorsichtig sein.«

»Aber in welcher Hinsicht soll ich in Gefahr sein?«, fragte Piper.

Olga schloss die Augen. Ihr Atem klang wie ein ersticktes Keuchen, und sie stöhnte leise. »Ein Fluch ist im Spiel«, murmelte sie. »Er ist gegen Sie gerichtet.« Sie schlug die Augen wieder auf. »Mehr kann ich Ihnen nicht sagen. Sie müssen fort von hier.«

»Na ja, dann, äh, danke für die Warnung«, sagte Piper. »Ich ... ich will meine Freundin nicht so lange allein lassen.«

Als Piper ging, saß Olga immer noch stöhnend am Tisch. Draußen wurde sie von Jenny strahlend in Empfang genommen. »Alles klar? Wir müssen zum Zelt gehen.«

»Sicher.« Erst jetzt stellte Piper fest, dass sie Olga, verwirrt wie sie war, gar kein Geld hingelegt hatte, aber nun wollte sie auch nicht mehr zurückgehen. Vielleicht, so dachte sie, konnte sie später noch einmal herkommen.

Piper gab sich redlich Mühe, das Unbehagen abzuschütteln, während sie Olgas Vardo hinter sich ließen. Sie fühlte sich, als würde jemand sie beobachten. Als sie einen Blick über die Schulter warf, sah sie, dass Olga vor ihrem Wagen stand und ihr nachstarrte. Als ihre Blicke sich trafen, legte Olga einen Finger an die Nase, machte rasch eine Geste mit der Hand und hastete zu den anderen Wohnwagen hinüber.

Wirklich unheimlich, dachte Piper. Ich sollte im *Buch der Schatten* nachsehen, ob es darin irgendwas über Zigeunermagie gibt. Womöglich hat Olga in ihren Karten tatsächlich gelesen, dass ich eine Hexe bin. Und was sollte das Gerede über den Fluch, der über mich kommen soll?

Piper schüttelte den Kopf. Was auch immer dahinter stecken mochte, sie beschloss, sich von nun an von Olga fern zu halten. In Bezug auf die Gefahr, von der sie glaubte – oder zu glauben vorgab, wie Piper sich im Stillen ermahnte –, dass sie Piper bedrohte, hatte die Wahrsagerin einen ziemlich betroffenen Eindruck gemacht. Sicher war es besser, die arme Frau nicht noch mehr aufzuregen. Außerdem wollte Piper auf keinen Fall, dass Olga, sollte sie wirklich über übersinnliche Kräfte verfügen, sie als Hexe erkannte.

Prue visierte Ivan, den Zigeunerfiedler, durch den Sucher ihrer Kamera an und drückte auf den Auslöser. Wieder ein perfektes Bild. Dieser Mann hatte offenbar nur Schokoladenseiten. Er war einfach so umwerfend, dass es einen glattweg umhaute.

Kristin thronte auf dem schmalen Bett in Ivans Wohnwagen und machte sich Notizen. Sie hatten die letzte Stunde damit zugebracht, Ivan zu interviewen, und soweit es Prue betraf, schien die Zeit nur so dahinzufliegen.

»Was haben Sie vorher gemacht?«

»Ich bin in kleineren Zirkussen in Europa aufgetreten«, entgegnete Ivan. »Mr. Amalfi ist auf mich aufmerksam geworden und hat mir angeboten, mich in seinem Zirkus zu einer Attraktion aufzubauen.«

Kristin schlug die Aktenmappe auf, die sie auf dem Schoß abgelegt hatte, und blätterte in den Zeitungsausschnitten. »Sie sind viel zu bescheiden«, sagte sie dann tadelnd. »Laut Mr. Amalfi waren Sie auf dem besten Weg, in Europa ein Star zu werden, und er kann von Glück reden, dass es ihm gelungen ist, sie zu engagieren.«

Ivan zog den Kopf ein, und seine dichten, schwarzen Locken ergossen sich wie ein Wasserfall über seine Stirn. »Er ist einfach zu freundlich.«

Ivan stand auf, ging hinüber in seine Miniküche und wedelte mit einer Dose Tee. »Mögen Sie?«, fragte er seine beiden Gäste.

»Nein, danke«, entgegnete Kristin, während Prue lediglich den Kopf schüttelte. Ivan füllte Wasser in einen Kessel und stellte ihn auf die heiße Herdplatte.

Prue bewunderte die gelungene Einrichtung des Wohnwagens. Er war klein, sicher, aber farbenfroh und sauber, wie Prue feststellte, während ihr Blick über den Minikühlschrank, das Einbaubett und die schmale Tür zur Dusche wanderte. Nirgends schien es auch nur einen einzigen Quadratzentimeter ungenutzten Raumes zu geben. Prue wollte unbedingt noch ein paar Fotos von der Einrichtung schießen; die Leser ihrer Zeitschrift waren bestimmt neugierig zu erfahren, wie die Zirkusartisten lebten, obwohl jedes Bild ohne Ivan in ihren Augen nur einer Vergeudung wertvollen Filmmaterials gleichkam.

Zum Glück kann ich ihn so viel anstarren, wie ich will, dachte Prue grinsend. Schließlich bin ich die Fotografin.

Sie studierte Ivan durch den Sucher. Er hatte hohe, vorstehende Wangenknochen und eine olivfarbene Haut. Seine großen dunklen Augen waren mandelförmig und umrahmt von dichten, langen Wimpern. Warum bekamen bloß immer Männer so schöne Wimpern in die Wiege gelegt, während Frauen auf Unmengen Mascara zurückgreifen mussten, beklagte sie sich im Stillen.

Ivan trug eine silberblaue Schärpe wie ein Schweißband um die wilden Locken gewickelt. Seine enge schwarze Hose erinnerte Prue an die Kleidung von Stierkämpfern, während das hauchdünne Hemd mit den weiten Ärmeln und die hohen Wildlederstiefel ihm eine gewisse Ähnlichkeit mit einem Piraten verliehen. Die kleine silberne Kreole in seinem Ohr verstärkte diesen Eindruck nur noch.

Während sie Ivan prüfenden Blickes musterte, fiel Prue auf, dass er sie ebenfalls beobachtete. »Es ist eine Schande, ein so hübsches Gesicht zu verstecken«, sagte er zu ihr.

»Was?« Verblüfft ließ sie die Kamera sinken.

Ivan lächelte und lenke ihren Blick auf zwei hinreißende Grübchen. »Viel besser. Jetzt kann ich Sie endlich auch sehen.«

Prue erwiderte sein Lächeln. Sie konnte kaum glauben, dass sie diesen Auftrag am liebsten abgelehnt hätte. War sie denn völlig verrückt gewesen? »Das ist nun mal mein Job, wissen Sie?«

»Nun, ich nehme an, wenn das Ihr Job ist, dann bleibt Ihnen wohl keine andere Wahl.«

Kristin verfolgte das Geplänkel mit einigem Amüsement. »Wenn ihr zwei für eine Minute mit dem Flirten aufhören könntet, dann würde ich dieses Interview gern zu Ende führen.«

Prue wusste, dass Kristin eine hoffnungslose Romantikerin war – sie hatte genug von Kristins endlosen Versuchen gehört, nach und nach jeden ihrer Freunde zu verkuppeln. Dann allerdings erinnerte sich Prue, dass Kristin eine Klatschtante war und Prue somit gut beraten war, sich auf ihren Job zu konzentrieren. Oder die Gerüchteküche bei *415* würde brodeln, noch ehe sie auch nur ihren Film entwickelt hatte.

»Ihre Kollegin hat sicher Recht«, sagte Ivan. »Arbeit ist wichtig. Disziplin. Aber Vergnügen ebenfalls.«

Ja, dache Prue, während sie ihre Kamera tätschelte, dieses Mal ist die Arbeit tatsächlich auch ein wahres Vergnügen.

»Im Zirkus werden Sie als Ivan, der Zigeunerfiedler, angekündigt«, sagte Kristin, ehe sie sich vorbeugte und in verschwörerischem Ton fortfuhr: »Verraten Sie es mir, Ivan, sind Sie wirklich ein Zigeuner?« Sie schenkte ihm ein verschmitztes Lächeln. »Oder ist das nur ein Publicity-Gag, weil Sie dann so schön exotisch rüberkommen?«

»Nein, ich bin ein echter Roma«, erklärte Ivan. »Roma ist die korrekte Bezeichnung für meine Leute. Es gibt noch immer viele Sippen, die in der ganzen Welt verstreut leben. Meine Familie ist vor allem durch Osteuropa gereist, aber wir sprechen die gleiche Sprache wie die Roma von England über Rumänien bis zur Mongolei. Die Roma waren immer schon ein reisendes Volk, wenn auch nicht immer freiwillig.«

Prue fragte sich, ob Ivans Abstammung von den Zigeunern etwas mit den Gerüchten über seine Pechsträhne zu tun hatte. Sie wusste, dass man den Zigeunern Kenntnisse auf dem Gebiet der Magie nachsagte. Flüche, Wahrsagerei, Omen, schwarze Magie waren die Dinge, an die Prue jedes Mal denken musste, wenn sie das Wort ›Zigeuner‹ hörte.

»Was denken Sie über Zigeunerflüche?« Prue wollte herausfinden, ob er selbst schon von den Gerüchten um seine Person erfahren hatte. Sacha, der Mann-im-Mond-Clown, hatte es jedenfalls so dargestellt, als wäre es eine allgemein bekannte Tatsache.

Ivans dunkle Augen schienen noch dunkler zu werden. »Natürlich habe ich von derartigen Dingen gehört«, sagte er, und Prue hatte das Gefühl, dass er sich in seiner Haut nicht mehr besonders wohl fühlte.

»Dann glauben Sie also an so etwas?«, hakte sie nach.

»Nein, da missverstehen Sie mich.« Ivan fuhr sich mit den Händen durch das dichte Haar, und Prue spürte das Bedürfnis, es ihm nachzutun. Diese Locken waren einfach unwiderstehlich.

»Die Zigeuner sind wegen dieses Aberglaubens über Jahrhunderte verfolgt worden«, erklärte Ivan. »Immer wieder wurden sie der Hexerei bezichtigt und bei lebendigem Leibe verbrannt.«

Puh! Dann haben wir also etwas Gemeinsames, dachte Prue. Einige ihrer Verwandten hatte das gleiche Schicksal ereilt, doch das behielt Prue natürlich für sich.

Der Wasserkessel fing an zu pfeifen, und Ivan brühte seinen Tee auf. »In meiner Familie sind wir sehr stolz auf unsere Herkunft, aber wir machen uns nichts aus all dem Hokuspokus.« Er stellte seine Teetasse auf einem Klapptisch an der Wand ab. »Ich glaube, das ist einer der Gründe, warum die Zigeuner es oft so schwer hatten. Abergläubische Menschen denken, wir würden Teufelswerk verrichten, und die, die nicht abergläubisch sind, halten uns wegen dieser okkulten Praktiken für kindisch, selbst wenn wir gar keine ausüben.«

»Das ist hart«, stellte Kristin mitfühlend fest.

Was weißt du schon davon, dachte Prue, die sich weit besser in die Problematik hineinversetzen konnte. Sie wechselte die Kamera. Der nachdenkliche Ausdruck auf Ivans Gesicht würde auf einem Schwarzweißfoto besser zur Geltung kommen.

»Ich selbst glaube an nichts von all dem. Meine Familie hat sich von derartigen Dingen immer fern gehalten. Wenn Sie mich fragen, ist die so genannte Zigeunermagie nichts weiter als ein Trick, um den Gaujos ihr Geld abzunehmen.

»Gaujos?«, fragte Kristin.

»So nennen wir Roma die Sesshaften.«

Kristin machte sich Notizen, während Ivan Prue einen Seitenblick zuwarf. Prue fühlte, wie sie unter seinem Blick errötete, und sie war froh, sich hinter ihrer Kamera verstecken zu können. Dieser Mann übte eine bemerkenswerte Wirkung auf sie aus.

Kristin biss in das Radiergummi am Ende ihres Bleistiftes. »Ich möchte niemanden kränken«, sagte sie in schmeichelndem Ton. »Aber wenn ich Sie richtig verstanden habe, dann gibt es wohl unter den Zigeunern einige Wahrsager, die, nun, gewissermaßen ihre Klienten über den Tisch ziehen. Wissen Sie ...«, sie senkte die Stimme und sah sich um, als wolle sie sichergehen, dass niemand ihre Worte mit anhören konnte, »... Wahrsager, die nicht ehrlich sind.«

Prue schüttelte den Kopf. Sie würde nie verstehen, wie jemand wie Kristin, der es so schwer fiel, bohrende Fragen zu stellen, jemals eine Laufbahn als Journalistin hatte einschlagen können. Andererseits ging ihr plötzlich auf, dass Kristins zurückhaltendes und liebliches Getue vielleicht genau das war – Getue. Auf diese Weise gelang es ihr, so manchen unbequemen Gesprächspartner zu besänftigen.

»Bitte, schreiben Sie nicht, dass ich Ihnen das verraten habe«, entgegnete Ivan lachend. »Vermutlich habe ich entfernte Verwandte in diesem Geschäft.«

»Oh, ich meinte selbstverständlich niemanden aus Ihrer Familie!«, rief Kristin, als wäre sie entsetzt über den Gedanken, Ivan könne einen derartigen Eindruck von ihr gewonnen haben.

»Meine Sippe verfügt über besondere Kenntnisse in zwei verschiedenen Bereichen«, erzählte Ivan. »Viele Zigeunerfamilien spezialisieren sich auf bestimmte Fertigkeiten. Manche sind Schmiede, arbeiten mit Metall, andere sind Schuster, wieder andere Pferdezüchter. Und manche spezialisieren sich auf die Kunst, so wie meine Familie.«

Prue gefiel der Stolz, mit dem Ivan über seine Familie sprach. Auch sie fühlte sich ihren Familientraditionen eng verbunden, besonders, seit sie wusste, dass ihre Magie ein Erbe war, das über viele Generationen an sie und ihre Schwestern weitergegeben worden war. Sieht so aus, als hätten wir Halliwells uns auch spezialisiert – allerdings auf Hexerei.

»Dann waren Ihre Vorfahren auch beim Zirkus?«, fragte Kristin, während sie eifrig ihre Notizen weiterführte.

»Väterlicherseits«, sagte Ivan. »Sie haben mit Tieren gearbeitet. Die Familie meiner Mutter hat Musikinstrumente hergestellt. Ich habe beides zusammengeführt.«

Ivan erhob sich und ging zwei Schritte weit zu einem reich verzierten Schrank. Er schloss die Tür auf und zog einen kunstvoll gestalteten Geigenkasten hervor. »Dieses gute Stück ist seit Generationen im Besitz meiner Familie«, erklärte er, während er den Kasten öffnete und vorsichtig die sorgsam gepflegte Violine heraushob. Das Instrument war von einem matten Schimmer überzogen, offensichtlich das Ergebnis der liebevollen Aufmerksamkeit, die ihm über viele Jahre zuteil geworden war.

Ivan wiegte die Violine vorsichtig in seinen Armen. »Mein Urgroßvater mütterlicherseits hat sie angefertigt. Mein Großvater hat den Geigenkasten hergestellt. Und jetzt spiele ich sie in meiner Nummer.«

»Wie genau sieht Ihre Nummer aus?«, fragte Prue. »Es tut mir Leid, aber ich gehe nicht besonders gern in den Zirkus. Ich weiß, Sie sind berühmt und alles ...«

Ivan lächelte ihr zu. »Sie müssen sich nicht entschuldigen. Der Zirkus ist ein ganz besonderer Ort. Nicht jeder fühlt sich von ihm angezogen.«

»Vielleicht werden Sie noch dafür sorgen, dass meine Einstellung sich ändert.«

»Das hoffe ich«, entgegnete Ivan, und ein warmer Ausdruck zeigte sich in seinen dunklen Augen.

»Ivan hat eine großartige Nummer mit Tieren einstudiert«, schwärmte Kristin. »Einfach brillant. Sensationell.« Sie atmete tief durch und erschauderte sichtlich vor Begeisterung.

»Hast du sie schon gesehen?«, fragte Prue.

Kristin nickte. »In Europa. Sie ist wirklich toll.« Sie sah Ivan bewundernd an. »Vor allem Ihretwegen habe ich mich so dafür ins Zeug gelegt, diese Story zu ergattern.«

»Ich danke Ihnen, aber das ist zu viel der Ehre.« Ivan wandte sich wieder Prue zu. »Meine Tiere und ich genießen gemeinsam die Musik meiner Violine. Das ist schon alles.«

Kristin lachte. »Sie sagen das, als wäre es gar nichts! Prue, er bringt Tiger und Löwen und Bären zum Tanzen. Und diese Musik! Ich habe sie nie vergessen.«

»Ich spiele die Lieder meines Volkes«, sagte Ivan. »Alte Volkslieder aus meiner Kindheit. Die Melodien sind sehr klangvoll.«

»Ich kann es kaum erwarten, Ihre Nummer zu sehen«, sagte Prue, und sie meinte es tatsächlich so.

Ivan legte die Violine zurück in den Geigenkasten und verstaute ihn wieder im Schrank. Dann richtete er sich auf und streckte die Arme weit aus.

»Nun müssen Sie aber unbedingt noch meine Hauptdarsteller kennen lernen. Ohne sie bin ich nichts.«

»Oh, dürfen wir wirklich?«, quiekte Kristin.

»Das wird tolle Bilder geben«, stellte Prue fest und nahm eine professionelle Haltung an. Einer musste das ja schließlich.

Ivan führte Kristin und Prue durch das Labyrinth aus Wohnwagen tiefer in die Parklandschaft hinein. Stellenweise war der Golden Gate Park recht verwildert.

Und er wurde immer wilder, wie Prue feststellte. Sie roch die Tiere, noch bevor sie sie sehen konnte, und sie zog die Nase kraus angesichts dieses scharfen, erdigen Geruchs. Zwischen den Bäumen erklang leises Brummen und Knurren.

»Ah«, sagte Ivan leise. »Sie wissen, dass wir kommen. Sie rufen uns.«

Er brachte die beiden Frauen zu einer Lichtung, die von großen Metallkäfigen begrenzt wurde. In jedem Käfig machte ein Raubtier seine Runden, und Prues Herzschlag beschleunigte sich. Die Nähe dieser reinen, animalischen Kraft war irgendwie aufregend.

Ivan fing an, eine betörende Melodie zu summen, welche die Tiere zu erkennen schienen. Sie brachen ihre ruhelose Wanderung ab, setzten sich geduldig in die Mitte ihres jeweiligen Käfigs und starrten Ivan erwartungsvoll an.

Unbekümmert wie ein junger Hund lief Ivan auf die Käfige zu. »Kommen Sie nur«, rief er Prue und Kristin zu. Er winkte ihnen zu, sich in die Mitte der Lichtung zu stellen.

»Hallo.« Ivan streckte die Hand in einen Käfig und streichelte einen gewaltigen Tiger, welcher ihm im Gegenzug eifrig sabbernd den Arm ableckte. »Hast du mich vermisst? Wie steht's? Wollen wir uns ein bisschen zeigen? Die beiden hübschen Damen wollen beeindruckt werden.«

Kristin kicherte. »Hi, Kätzchen«, sagte sie. Prue befürchtete, die überglückliche Journalistin könnte vor lauter Aufregung jeden Augenblick ohnmächtig zusammenbrechen. Offensichtlich hegte sie keinerlei romantisches Interesse an Ivan, aber sie war in diesem Moment auch keine kritische Reporterin mehr. Sie war ganz schlicht und einfach ein Fan.

»Die Tiere lieben Sie«, stellte Prue fest.

»Das beruht auf Gegenseitigkeit.« Ivan ging weiter zu den Bären. Einer von ihnen streckte die Tatze durch das Gitter und schlug spielerisch nach ihm, was Ivan jedoch nicht im Mindesten zu kümmern schien.

»Anders kann so etwas auch nicht funktionieren«, erklärte Ivan, während er einen großen schwarzen Bären zu dessen äußerstem Entzücken ausgiebig hinter dem Ohr kratzte. »Wir lieben einander, und, viel wichtiger, wir respektieren einander.«

Ivan ging von einem Käfig zum nächsten und sprach leise zu jedem der Tiere. Nie übte er auch nur den geringsten Zwang aus, nicht einmal, als der Löwe frech wurde und es einige Überzeugungskraft brauchte, Ivans Hemd aus seinen Klauen zu befreien.

»Alles in Ordnung?«, fragte Prue, darum bemüht, nicht voller Entsetzen auf Ivans zerfetzten Hemdsärmel zu starren, obwohl sie ununterbrochen daran denken musste, dass der Löwe ebenso gut seinen Arm hätte in Stücke reißen können.

»Er ist einfach er selbst«, sagte Ivan besänftigend. »Man kann nicht von einem Tier erwarten, irgendetwas anderes zu sein als ein Tier. Es sind wundervolle Lebewesen – edel und rein. Wer das Glück hat, so wie ich eine besondere Beziehung zu ihnen aufbauen zu können, ist wahrhaft vom Schicksal begünstigt.«

Prue sah zu, wie Ivan Tatzen und Ohren jedes einzelnen Tieres untersuchte, Futter nachfüllte, leise mit den Tieren redete und ihr Fell streichelte.

Was für ein sanfter, liebevoller Mann. Sie seufzte. Ganz zu schweigen von seinem überaus attraktiven Äußeren.

Eine Bewegung im Gebüsch erregte ihre Aufmerksamkeit. Kristin war viel zu sehr von Ivan und seinen Tieren fasziniert, um etwas zu bemerken. Nur der Löwe schien zu wissen, dass sie beobachtet wurden.

Eine dicke, stämmige Frau in bunten Kleidern stand zwischen den Büschen und beäugte sie starren Blickes.

Prue ging zu Ivan. »Wer ist das?«, flüsterte sie und deutete mit einem Nicken auf das Gebüsch.

Ivan blickte kurz auf, ehe er sich wieder einem Bärenjungen zuwandte. »Das ist Olga.«

»Sie sieht verärgert aus«, kommentierte Prue.

»Olga, die Wahrsagerin?«, fragte Kristin. Sie schirmte mit der Hand ihre Augen vor der Sonne ab und versuchte, Olga im Gebüsch auszumachen. »Sie steht auch auf meiner Interview-Liste. Können Sie mich ihr vorstellen?«

Ein Schatten huschte über Ivans attraktive Züge. »Es ist besser, wenn nicht gerade ich Sie einander vorstelle.«

»Warum?«, fragte Prue neugierig. »Stammen Sie aus rivalisierenden Familien?«

»Nicht ganz«, entgegnete Ivan. »Aber wir stimmen in manchen Punkten absolut nicht überein.«

Prue sah sich erneut nach Olga um. Die Frau murmelte vor sich hin und vollführte seltsame Gesten mit den Händen. »Was macht sie denn?«, fragte Prue.

»Sie schützt sich vor dem bösen Blick«, erwiderte Ivan ergrimmt. »Sie will sicherstellen, dass der Fluch, von dem sie glaubt, er würde über mir liegen, nicht auf sie übergreift.«

5

»EIN FLUCH! WUNDERBAR!«, schwärmte Kristin. »Das wird jede Menge Neugier wecken.«

»Nein!«, schnappte Ivan.

Prues Kopf ruckte herum, und sie starrte Ivan erstaunt an. Zum ersten Mal hatte er die Stimme gehoben. Nicht einmal, als der Löwe darauf bestanden hatte, seinen Ärmel zu zerfetzen und der Bär sein Futter aus dem Käfig gefegt hatte, war Ivan laut geworden.

»Sie dürfen nichts über den Fluch schreiben«, erklärte er, und Prue war überrascht, welche Härte sich plötzlich in seinen Augen spiegelte.

Kristin nahm Ivans veränderte Stimmung überhaupt nicht wahr – zumindest gab sie sich den Anschein. »Warum nicht? Das wäre eine großartige Story.«

»Ich will nicht, dass die ganze Welt über die dummen Zigeuner lacht!«, entgegnete Ivan unerbittlich. »Flüche, Aberglaube, das ist doch alles lächerlich. Olga redet von Zeichen und Omen. Nichts als altmodischer Unsinn.«

Prue musterte Ivan aufmerksam. Schon zum zweiten Mal an diesem Tag hörte sie nun von diesem Fluch. Bisher hatte sie noch keine Auswirkungen eines Fluchs erkennen können, trotzdem fragte sie sich, ob an den Gerüchten nicht doch ein Fünkchen Wahrheit sein mochte.

»Gehen wir zurück«, sagte Ivan, offensichtlich bemüht, das Thema zu wechseln. »Es wird Zeit, mich vorzubereiten.« Er streckte den Arm aus, so dass die Fetzen seines Ärmels lose herabbaumelten. Dann grinste er, und die Spannung löste sich. »Sie haben ja keine Ahnung, was ich für einen Verschleiß an Hemden habe.«

»Ich kann es mir vorstellen«, sagte Kristin lachend. »Beim Großhandel dürften Sie sich größter Beliebtheit erfreuen.«

Prue betrachtete die prächtigen Raubtiere. »Geht nur schon voraus«, sagte sie dann. »Das Licht ist im Augenblick besonders gut, und ich würde gern noch ein paar Fotos schießen.«

Ein sorgenvoller Ausdruck huschte über Ivans Züge. »Normalerweise lasse ich niemanden in die Nähe meiner Tiere, wenn ich nicht dabei bin«, sagte er.

»Ich verspreche, mich von den Gittern fern zu halten«, entgegnete Prue. »Und ich werde aufpassen, dass die Tiere in keiner Weise beunruhigt werden.«

Ivan schien noch nicht überzeugt. »Die meisten Leute sehen, wie die Tiere sich mir gegenüber verhalten, und glauben, sie wären zahm, aber sie sind es nicht. Sie würden einen Fremden genauso in Stücke reißen wie jedes andere wilde Tier.«

Prue nickte. »Das ist mir klar. Und genau das versuche ich einzufangen. Den Kontrast zwischen ihrem Verhalten, wenn sie allein sind, und dem Verhalten in Ihrer Gegenwart.«

Ivan musterte sie noch einen Augenblick länger, ehe er sagte: »Ich traue Ihnen das nötige Verständnis zu. Respektieren Sie ihre Kraft. Sie ist anders als Ihre oder meine.«

»Die Fotos werden bestimmt fantastisch«, sagte Kristin. »Ich wusste, du würdest die Richtige für diesen Auftrag sein.« Sie warf erst Prue, dann Ivan einen listigen Blick zu. »Ist sie nicht perfekt?«, fragte sie Ivan dann herausfordernd.

Prue schüttelte den Kopf über diesen offensichtlichen Verkupplungsversuch. »Geht schon«, sagte sie. »Ich muss das Licht ausnutzen.«

Prue brachte noch einige Zeit damit zu, Ivans tierische Partner zu fotografieren. Wenn er nicht in der Nähe war, verhielten sie sich ganz anders. Allein mit den Tieren, fühlte Prue deutlich, dass sie sich unter Kreaturen befand, die anders waren als sie. Und wenn sie sie noch so sehr als große Schmusekatzen empfände, sie waren es nicht. Löwen und Tiger starrten sie aus rätselhaften Augen an, deren Anblick ihr zu Bewusstsein brachte, dass sie nie verstehen würde, was in ihnen vorging. Niemals würde sie die Welt dieser Tiere wirklich erfassen können.

Sie fotografierte, bis der Film zu Ende war. Dann erst warf sie einen Blick auf ihre Uhr.

»Ups«, machte sie. »Wir wollen doch nicht zu spät zur Vorstellung kommen.« Prue packte ihre Sachen zusammen und machte sich auf den Weg zurück zum Zirkus.

Bald sah sie den Wagen von Ivan vor sich. Sie klopfte leise an die Tür, erhielt aber keine Antwort. Offenbar waren er und Kristin bereits in der Vorstellung. Prue beschleunigte ihren Schritt und blieb mit dem Absatz im Kies stecken.

»Oh, diese verdammten Sandalen!« Sie bückte sich und versuchte, ihren zarten Schuh zu retten, als ein fremder Schatten vor ihr den Boden verdunkelte.

»Ruby«, sagte eine heisere Stimme.

Prues Blick wanderte aufwärts, um zu erkunden, wer da gesprochen hatte. Dabei geriet sie in ihrer zusammengekauerten Haltung ein wenig ins Schwanken.

Das ist aber ein ekliges Kostüm, dachte sie.

Der Bursche trug nur ein paar zerfetzte Lumpen, und die Hände, die aus den aufgerissenen Ärmeln hervorlugten, waren lang und skelettartig. Sein Gesicht schimmerte in einem scheußlichen

Grün-Gelb, und seine Augen schienen nur aus leeren Höhlen zu bestehen. Die Gesichtshaut sah aus, als würde sie sich vom Schädel lösen. Was für eine erstaunliche Maske, stellte Prue im Stillen fest.

»Ruby?«, krächzte er noch einmal.

Prue erhob sich ein wenig verunsichert. »Nein, ich bin nicht Ruby.«

Der Bursche blieb einen Moment unschlüssig stehen, als hätten Prues Worte ihn verwirrt. Dann schlurfte er davon und verschwand hinter Ivans Wohnwagen.

Prue blieb wie angewurzelt stehen und starrte ihm nach. Ob wohl alle Künstler ihre Rollen auch außerhalb der Vorstellungen beibehielten, so wie die Clowns, die sie an diesem Morgen kennen gelernt hatte?

Dann kam ihr ein anderer Gedanke in den Sinn. Warum sollte eine so abscheuliche Figur zu einem so fröhlichen Zirkus gehören? Eine Figur wie diese würde Kinder doch nur erschrecken.

Vielleicht, so dachte sie, gehörte er gar nicht zu den Künstlern. Vielleicht hatte er etwas mit Ivans so genanntem Fluch zu tun.

Ehe sie noch weiter darüber nachdenken konnte, stürmte Kristin auf sie zu. »Da bist du ja! Beeil dich! Die Show geht gleich los, und wir sollten keine einzige Minute verpassen.«

»Okay«, murmelte Prue zitternd. Möglich, dass Ivan nicht an Zeichen und Omen glaubte, aber vielleicht wäre er gut beraten, sich neu zu orientieren.

Phoebe machte sich auf dem harten Stuhl so klein sie nur konnte und wünschte sich, sie hätte einen Hut, den sie über das Gesicht ziehen konnte, oder, noch besser, eine Tarnkappe. Irgendetwas, das ihr helfen würde, Raphael, den tätowierten Schlangenbeschwörer, loszuwerden.

Warum ziehe ich nur immer diese Widerlinge an?, fragte sich Phoebe. Wenn Piper einen Verehrer hatte, dann waren es immer irgendwelche großen, süßen Typen wie Dan oder Leo. Sie hat gleich zwei niedliche Kerle, die um sie kämpfen, und was habe ich? Einen Idioten mit einer eigenen Boa Constrictor.

Andererseits wusste Phoebe sehr gut, dass es nicht einfach war, sich zwischen zwei Männern entscheiden zu müssen. Zuzusehen, wie Piper sich mit der Dreiecksbeziehung Dan-Leo abplagte, war ganz bestimmt kein Vergnügen. Phoebe hoffte, dass das zufällige Zusammentreffen mit Dan ihrer Schwester keine Probleme bereitete. Dieser Punkt hatte nicht auf ihrer Tagesordnung gestanden. Dans Nähe war für Piper immer eine heikle Angelegenheit, denn sie empfand immer noch viel für ihn, und dass Dans Herz bei ihrem Anblick ebenfalls höher schlug, war nur zu offensichtlich. Aber, überlegte Phoebe, sie waren schließlich beide erwachsen und konnten mit dieser Geschichte umgehen, besonders wenn Jenny sozusagen als Zeugin zugegen war. Trotzdem seufzte Phoebe leise. Sie konnte nur hoffen, dass diese Begegnung Piper nicht mit neuerlichen Zweifeln belastete. Immerhin war es ihr schwer genug gefallen herauszufinden, wer der Richtige für sie war.

Phoebe verlagerte ihr Gewicht auf dem unbequemen Stuhl und stellte fest, dass der freie Eintritt sie nicht gerade in die VIP-Lounge verschlagen hatte. Eher schon in die Sektion der blutigen Nasen. Phoebes Platz befand sich nahe der rückwärtigen Zeltwand, weit entfernt von der Manege. Trotzdem wollte sie sich nicht beklagen, schließlich hatte sie von hier aus immer noch einen großartigen Überblick. Sie konnte sogar Prue neben der Manege beim Fotografieren sehen.

Musik plärrte aus den Lautsprechern, und Clowns hüpften durch die Gänge, stahlen Hüte und warfen mit bunten Luftballons um sich, während die Süßwarenverkäufer mit ihren Bauchläden mit lauter Stimme ihre Ware feilboten.

»Hier drüben!«, rief Phoebe und winkte einem Popcornverkäufer zu. Soweit es Phoebe betraf, war einer der größten Vorzüge von derartigen Veranstaltungen, dass sie endlich eine Ausrede hatte, so viel Süßigkeiten in sich hineinzustopfen, wie sie wollte. Das war schon beinahe ein absolutes Muss! Sie gab dem Jungen sein Geld und nahm eine riesige Tüte Popcorn entgegen. Dann verrenkte sie sich fast den Hals, als sie wohl zum hundertsten Mal ihre Blicke durch das Zelt wandern ließ. Wo Piper nur blieb? Was konnte sie so lange aufgehalten haben?

Gerade als Phoebe sich auf die Suche machen wollte, tauchten Piper und Jenny endlich auf.

»Hey, Leute«, sagte Phoebe. »Ich dachte schon, die Elefanten hätten euch unter sich begraben.«

»Nein, nur abgelenkt«, entgegnete Piper.

Phoebe bekam keine Gelegenheit, herauszufinden, was aus der Begegnung mit Dan geworden war. Allerdings sprach seine unverkennbare Abwesenheit Bände.

»Sind wir Mädchen unter uns?«, erkundigte sich Phoebe mit einer fragend hochgezogenen Braue.

»Jep«, erwiderte Piper knapp.

»Das ist doch der reinste Babykram«, jammerte Jenny. »Ich kann einfach nicht glauben, dass Dan dachte, ich würde gern in diesen blöden Zirkus gehen. Ich meine, wer außer kleinen Kindern findet schon Clowns lustig?«

»Ich, zum Beispiel«, konterte Phoebe, während sie sich im Stillen fragte, ob Jennys Reaktion etwas mit der fehlgeschlagenen Romanze zwischen Dan und Piper zu tun hatte.

Was auch dahinter stecken mochte, als die Vorstellung begann, sah Phoebe einigermaßen amüsiert, wie sich Jennys Haltung veränderte. Das Mädchen saß beim Auftritt der Trapezkünstler auf der vorderen Stuhlkante und verfolgte mit offen stehendem Mund den Auftritt der überragenden Hochseilartistin Miranda Merrill. Sie lachte sogar über die Mätzchen der Clowns, und als die Elefanten dem Jongleur seine Kegel stahlen, dachte Phoebe, Jenny müsse jeden Augenblick vor schallendem Gelächter zusammenbrechen.

»Meine Damen und Herren, Kinder aller Altersstufen!«, erklang die Stimme des Zirkusdirektors aus den Lautsprechern. »Für die nächste Darbietung bitte ich um absolute Ruhe für unsere Raubtiernummer mit Ivan, dem Zigeunerfiedler, der Sie mit seiner Musik verzaubern wird.«

Das Licht wurde gedämpft, und Stille senkte sich über das Zelt. Aus der Dunkelheit erklang das laute Grollen eines Tigers, gefolgt von dem Knurren eines Löwen und dem Brummen der Bären. Jenny umklammerte Phoebes Hand, und Phoebe stellte fest, dass sie Pipers Hand ebenfalls festhielt.

Über dem animalischen Knurren erklang ein klarer Ton, rein, hoch und süß. Sofort ließ die Anspannung von Jennys Griff nach. Als sich der Ton in eine fröhliche Melodie verwandelte, richteten sich sämtliche Strahler auf einen groß gewachsenen Mann in einem weiten weißen Hemd und einer hautengen schwarzen Hose, der in der Mitte der Manege Violine spielte. Um ihn herum standen die Käfige mit den Raubtieren. Offenbar hatten die Arbeiter sie während der kurzen Phase völliger Dunkelheit hereingebracht.

Dann begann der Geiger während seines Spiels zu tanzen. Dabei machte er einige Schritte auf den Löwenkäfig zu, ehe er mit einer kurzen Drehung und einem Tritt die Käfigtür mit dem Fuß öffnete.

Eine echte Tae-Bo-Vorstellung, wie Phoebe anerkennend feststellte. Dann aber änderte sie ihre Meinung. Die Bewegungen erinnerten doch mehr an Riverdance, weniger an Kampfkunst.

Der Violinist fuhr fort, um die Manege zu tanzen und Käfige mit dem Fuß zu öffnen, ohne dabei auch nur für einen Moment sein Spiel zu unterbrechen. Die Melodie bewegte sich die Tonleiter hinauf und hinunter. Irgendwie klang sie gleichzeitig vertraut und doch fremd. Außer ihr war in der Manege kein Ton zu hören. Sogar die Tiere schienen wie gebannt zu sein.

Als schließlich alle Käfige offen waren, kehrte der Violinist in die Mitte der Manege zurück und spielte eine neue Weise, und dieses Mal fielen die Tiere in seinen Tanz mit ein. Ein Tiger stellte sich auf die Hinterbeine und legte dem Geiger seine schweren Vordertatzen auf die Schultern, scheinbar sorgsam darauf bedacht, die Violine nicht fortzuschieben. Zusammen wirbelten die beiden nun durch die Manege. Die Löwen schritten im Einklang mit der Musik einher und wackelten im Takt mit den Köpfen. Die Bären jagten einander, zupften wie ungezogene Kinder mit ihren mächtigen Pranken an Ivan, um sich gleich darauf über den Boden zu wälzen, als würden sie sich vor Lachen nicht mehr halten können.

Und die ganze Zeit spielte Ivan seine Violine. Phoebe wünschte, die Musik würde nie mehr aufhören. Sie sah sich in dem Zirkuszelt um. Das ganze Publikum starrte wie in Trance auf die Manege. Menschen lächelten einander zu, Fremde hielten einander mit strahlenden Gesichtern an den Händen. Wohlgefühl breitete sich im ganzen Zelt aus.

Jedes der Tiere bekam seinen eigenen angemessenen Auftritt. Die Bären waren allerliebst – schwerfällig, aber liebenswert. Die Löwen wirkten eher dramatisch, die Tiger majestätisch.

Schließlich spielte der Musiker die letzten Noten, und die Tiere verbeugten sich. Dann, zu den Klängen eines Marschs, trottete jedes Tier zurück in seinen Käfig. Der Violinist blieb allein in der Manege zurück und spielte noch einen letzten einsamen Ton, ehe das Licht verlosch.

Für einen Augenblick herrschte absolute Stille, als wüsste das Publikum nicht, was es tun sollte, nun, da die Musik verklungen war. Dann, als hätte jemand einen Knopf gedrückt, brauste donnernder Applaus im Zelt auf.

»Das war toll!«, keuchte Jenny. Ihre Augen glänzten, als würde sie im nächsten Moment in Tränen ausbrechen.

Auch Phoebe stellte fest, dass ihr das Atmen ein wenig schwer fiel. Aber vermutlich war sie einfach nur total scharf auf Typen in engen Hosen, die mit prachtvollen wilden Tieren spielten – von der animalischen Anziehungskraft ganz zu schweigen.

Die Clowns kletterten wieder in die Manege und setzten die Show fort. Nach dem faszinierenden Auftritt von Ivan, dem Zigeunerfiedler, waren die Streiche der Clowns eine willkommene Abwechslung. Ihre Kapriolen wirkten sogar noch lustiger als zuvor – aber vielleicht lag das auch nur daran, dass sämtliche Zuschauer nach Ivans wundervoller Nummer in prächtiger Stimmung waren und einfach alles bejubeln würden, was die Clowns dort unten in der Manege veranstalteten, überlegte Phoebe.

Viel zu schnell erschien die ganze Künstlerschar zur abschließenden Parade. Die Zirkuskapelle spielte zu einer munteren Melodie auf, und die Clowns brachten das ganze Publikum dazu, zu klatschen und mit den Füßen zu trampeln, ehe die Show endgültig vorbei war.

»Das war riesig!«, verkündete Jenny.

»Nicht kindisch?«, erkundigte sich Piper lächelnd.

»Überhaupt nicht! Es war absolut spitze!«

»Dachte ich mir doch!« Piper drückte Jenny einen Moment an sich.

»Können wir auch zu den Artisten gehen?«, fragte Jenny.

»Wir werden sehen«, entgegnete Piper. »Zuerst müssen wir runter zur Manege und Prue suchen. Wahrscheinlich werden da auch ein paar von den Künstlern sein. Vielleicht können wir dann etwas einfädeln.«

»Ich will den Zigeunerfiedler kennen lernen«, erklärte Jenny. »Und ich will eins von diesen niedlichen kleinen Schweinen streicheln, die die Clowns gejagt haben.«

»Okay«, sagte Piper, während sie das Programmheft in ihrer Tasche verstaute.

»Schnell!«, drängte Jenny. »Ich will mir diese Gelegenheit nicht entgehen lassen.«

Piper verdrehte die Augen und blinzelte Phoebe vergnügt zu. »Und das von jemandem, der eigentlich gar nicht herkommen wollte.«

Phoebe stand auf. »Ups!« Ihre Tasche fiel von ihrem Schoß herab, und da der Verschluss lediglich aus einer Kordel bestand und immer ein bisschen offen war, rollten ein Lippenstift, ein Füller und eine Tube Mascara heraus.

Während Piper und Jenny bereits in Richtung Manege hasteten, ging Phoebe in die Knie und stopfte ihr Zeug zurück in die Tasche. Dieses Mal zog sie die Kordel besonders kräftig zu. Als sie sich wieder aufrichtete, fiel ihr Blick auf das Sweatshirt, das Piper über ihren Stuhl gelegt hatte. »Schätze, der Zirkus bringt uns alle ein bisschen durcheinander«, murmelte sie.

Sie griff nach dem pfirsichfarbenen Ärmel, und plötzlich fuhr ein alles erschütternder Energiestrom durch ihren Körper.

Das lebhafte Treiben im Zirkuszelt wurde schlagartig ausgeblendet, als die Vision sich ihres Geistes bemächtigte. Bilder bestürmten sie.

Große, kräftige Hände, die sich um einen schlanken Hals schlossen.

Kleinere Hände, die verzweifelt versuchten, diese großen Pranken zu lösen.

Langes Haar, das während des Kampfes wild durch die Luft wirbelte.

Große braune Augen, voll grausamer Härte und Zorn.

Schmerz. Angst. Atemnot.

Phoebe ließ das Sweatshirt los und hielt sich am Stuhlrücken fest.

Piper. Die Vision hatte ihr Piper gezeigt, im Würgegriff eines gut aussehenden Fremden.

6

PHOEBE ATMETE EINIGE MALE tief durch, um sich wieder zu beruhigen. Sie brauchte stets ein paar Sekunden, bis sie sich von ihren Visionen erholt hatte, die sie jedes Mal aufs Neue überwältigten. Und wenn sie vorbei waren, fühlte sie sich immer ein wenig desorientiert.

Aber sie musste einen klaren Kopf behalten. Und sie musste Piper von hier wegbringen – und zwar schnell. Das Problem dabei war, dass Jenny nicht merken durfte, was vor sich ging.

Phoebe eilte die Stufen hinab zur Manege, vorbei an einer Gruppe Kinder, die einen lustigen Clown umringten. Andere wiederum ließen sich nur widerstrebend von ihren Eltern aus dem Zelt führen. Schon jetzt waren Arbeiter damit beschäftigt, die Manege zu fegen und alles für die nächste Vorführung herzurichten, die in wenigen Stunden beginnen sollte.

Auf den Rängen hielt Phoebe inne und betrachtete das dichte Gedränge hinter der Manege. Etliche Wachschutzleute machten dort ihre Runden und bellten in ihre Sprechfunkgeräte.

Wo sind sie? Angestrengt sah Phoebe sich nach Piper um. Das Problem mit ihren Visionen war, dass sie nie wusste, wie viel Zeit ihr blieb, ehe die Zukunft, die sie gesehen hatte, eintreten würde. Wurde Piper bereits in dieser Minute stranguliert? In dem dichten Gedränge um die Manege herum konnte sich leicht jemand ihre Schwester schnappen, sie hinter irgendeinen Wohnwagen zerren und dort zum Sterben zurücklassen.

Warum hatte die Vision auch so unklar sein müssen? Alles, was Phoebe hatte erkennen können, war der Hass in den Augen jenes attraktiven Mannes und seine Hände, die das Leben aus Piper herauswürgten. Aber es gab keinen Hinweis darauf, wo dieser schreckliche Angriff erfolgen würde. Keine verräterischen Kleidungsstücke. Keine Andeutung des Zeitpunktes. Nur das hübsche, grausame Gesicht, Pipers Furcht, ihr Ringen um Luft und ihre verzweifelten Versuche, sich aus dem machtvollen Würgegriff zu befreien.

»Piper!«, rief Phoebe, während sie weiter angestrengt in die Menge starrte. Dann fühlte sie, wie sich Erleichterung in ihr breitmachte. Da war Piper und unterhielt sich angeregt mit Jenny, und der einzige Mann in ihrer Nähe würde auch bei niedrigsten Ansprüchen nicht als attraktiv durchgehen: Raphael, der Schlangenbeschwörer.

Aus der Art, wie Jenny sich umblickte, schloss Phoebe, dass Raphael das kleine Mädchen nach ihr gefragt hatte. Sollte sie sich verstecken? Unmöglich. Sie musste Piper von hier wegbringen, musste sich Prue schnappen und eine Halliwell-Familienkonferenz einberufen, und zwar pronto!

Hoffentlich weiß Piper das zu schätzen, dachte Phoebe, während sie geradewegs auf die kleine Gruppe zuhielt. Mich freiwillig in Raphaels Einflusssphäre zu begeben schlägt wirklich alles.

Zumindest war es nur Ralphie-Boy – ohne Schlange, wie Phoebe unterwegs feststellte. Allerdings fragte sie sich, ob sie die Gesellschaft der Schlange der seinen nicht vorgezogen hätte. Ralph war bei weitem schlüpfriger und zweifellos kriecherischer als das Reptil.

»Schöne Frau, ich habe Sie schon überall gesucht«, begrüßte Raphael Phoebe mit einem Grinsen, das einen goldenen Eckzahn zum Vorschein brachte. »Nicht, dass ihr beiden nicht auch eine Augenweide wäret«, sagte er dann zu Piper und Jenny.

»Schön. Sie haben mich gefunden. Und jetzt müssen wir verschwinden. Piper?« Phoebe schnappte sich Pipers Arm. Einen Vorteil hatte Raphaels Anwesenheit: Jenny würde vermutlich annehmen, sie liefen vor Raphaels nicht allzu charmantem Charme davon und nicht etwa vor einem Mordanschlag, der sich Phoebe in einer Vision angekündigt hatte.

»Aber Phoebe, du hast doch gesagt, du möchtest ein paar Zirkustypen kennen lernen«, sagte Piper mit einem unterdrückten Kichern. »Wozu die Eile? Ist Raphael nicht dein Typ?«

»Wir müssen Prue auftreiben und von hier verschwinden, Schwesterherz«, stieß Phoebe zwischen zusammengebissenen Zähnen hervor. Wie sollte sie Piper nur warnen, solange Jenny direkt neben ihnen stand? Zu schade, dass Telepathie nicht zu den übersinnlichen Kräften der Halliwells zählte.

»Ich will aber noch nicht gehen«, jammerte Jenny. »Ich will die Artisten kennen lernen.« Wütend starrte sie Piper an. »Außerdem hast du mir versprochen, dass wir nach der Vorstellung alle Spiele in den Buden ausprobieren können.«

Piper bedachte Phoebe mit einem flehentlichen Blick. »Na ja, ich habe dir verspr ...«

Phoebe fiel ihr ins Wort. »Ein anderes Mal, Piper, erst müssen wir uns um eine andere Sache kümmern, du verstehst?«

Piper sah sie verwirrt an. »Um was für eine Sache?«

»Um etwas, das ich *gesehen* habe ... und als ich es *gesehen* habe, bin ich ziemlich neugierig geworden ...«

Phoebe konnte in den Augen ihrer Schwester förmlich das Licht sehen, das ihr gerade aufging.

»Ach ja, richtig!« Piper schlug sich mit der flachen Hand auf die Stirn. »*Die* Sache.«

»Was für eine Sache?«, fragte Jenny.

Piper starrte Phoebe Hilfe suchend an. »Äh, Phoebe?«

Phoebes Gedanken überschlugen sich. Was konnte sie Jenny erzählen, ohne dass das Mädchen ihnen hinterherlaufen würde? Irgendetwas, das eine Zwölfjährige als entsetzlich langweilig einstufen würde.

»Ich habe tolle Reifen entdeckt, die wir unbedingt kaufen wollten, und der Verkauf findet genau jetzt statt«, sagte Phoebe. »Wir müssen los, ehe der Laden wieder schließt.«

Jenny machte einen total verblüfften Eindruck. »Und deshalb wollt ihr gehen, ohne mit den Artisten geredet zu haben?«, fragte sie. Dann schien sie sich ihrer guten Manieren zu besinnen. »Na ja, okay ...« Sie schob die Unterlippe vor und starrte zu Boden. »Wenn ihr unbedingt müsst.«

Phoebe nickte entschlossen. »Wir müssen. Wo ist Prue?«

»Ich weiß nicht genau«, erwiderte Piper. »Sie sagte, sie hätte noch etwas mit der Kostümbildnerin zu besprechen. Vielleicht will sie im Garderobenwagen noch Aufnahmen machen.«

»Da ist sie.« Jenny deutete auf einen Haufen Requisiten.

Phoebe drehte sich um und sah, dass ihre Schwester sich mit einer kleinen, eleganten Frau mit kurzem Haar unterhielt, die etliche Kleiderbügel in der Hand hielt. Prues Miene spiegelte Besorgnis und Erstaunen wider. Ich habe zwar keine Ahnung, was sie gerade beunruhigt, dachte Phoebe, aber wenn ich ihr erst von meiner Vision erzählt habe, dann wird sie noch mehr Grund zur Sorge haben.

Die Frau, mit der Prue gesprochen hatte, verschwand wieder im Gedränge der Zirkusmitarbeiter. Prue blickte sich suchend um. Phoebe winkte, und Prue gesellte sich zu ihnen. »Hi, wie steht's?«, fragte Prue.

»Shopping ist angesagt«, teilte Jenny ihr mit, und ihre Stimme troff vor Enttäuschung.

»Was?« Prues Blick wanderte hektisch zwischen ihren Schwestern hin und her.

»Du kennst mich doch«, sagte Phoebe lässig. »Wenn ich etwas sehe, das mir gefällt, dann muss ich es auch sofort haben. Also, lasst uns von hier verschwinden.«

Prue schien den Wink verstanden zu haben. Obwohl sie schon eine ganze Weile die Zauberhaften waren, stellte Phoebe fest, dass sie gerade erst anfingen, sich ein paar Geheimcodes zurechtzulegen. Sie sollten sich dringend entsprechende Gesten oder Kennworte überlegen, um derartigen Schwierigkeiten künftig aus dem Weg zu gehen. Immerhin vergeudeten sie eine Menge Zeit bei dem Versuch, über Dinge zu reden, über die man einfach nicht in der Öffentlichkeit reden konnte.

Plötzlich sprengte Kristin die vertraute Runde. »Bereit?«, fragte sie Prue.

Oh-oh, dachte Phoebe. Wie sollte Prue nun aus dieser Sache herauskommen? Immerhin war sie zum Arbeiten hier.

»Eigentlich nicht, Kristin. Mir ist etwas dazwischen gekommen«, gestand Prue. »Ein Notfall.«

Kristins Miene umwölkte sich merklich. »Was für eine Art Notfall? Gibt es Probleme?« Dann erhob sie die Hand und hinderte Prue so an einer Antwort. »Tut mir Leid, ich wollte nicht neugierig sein. Tu nur, was du tun musst.«

Phoebe war beeindruckt. Kristin hatte sich absolut cool verhalten. Die sprichwörtliche Nettigkeit der Reporterin machte es ihnen fast zu leicht. Sogar Phoebe fing an, sich schuldig zu fühlen, weil sie nicht ehrlich zu der Reporterin waren. Und das, obwohl Phoebe wusste, was auf dem Spiel stand.

»Danke, Kristin«, sagte Prue erleichtert. »Ich verspreche, dass ich dir morgen den ganzen Tag zur Verfügung stehen werde.«

»Dann also morgen früh in alter Frische«, entgegnete Kristin. »Ich werde eine Liste der Dinge anlegen, die du noch fotografieren musst.«

Sie legte ihre Hand auf Prues Schulter und drückte sie kurz. »Ist das nicht ein absolut großartiger Auftrag? Du kannst dich später bei mir bedanken, Kindchen!«

»Hat sie ›Kindchen‹ gesagt?«, fragte Jenny, während sie Kristin hinterherstarrte.

»Sie sagt auch Sachen wie ›Hört, hört!‹«, kommentierte Prue trocken.

»Sind Reifen ein Notfall?«, setzte Jenny nach.

»Das werden sie, wenn wir einen Platten haben«, entgegnete Phoebe. »Lasst uns gehen.«

Phoebe trieb ihre Schwestern Richtung Parkplatz. Sie scheuchte sie so sehr, dass man schon von einem Wettlauf sprechen konnte. Kaum stiegen sie ins Auto, fragte Jenny auch schon: »Stimmt irgendwas nicht? Ihr benehmt euch alle irgendwie komisch.«

Oh-oh. Besser, wir lenken sie ab, dachte Phoebe. Sie drehte sich auf dem Beifahrersitz um und sah Jenny, die auf der Rückbank saß, direkt in die Augen. »Wir *sind* komisch«, witzelte sie. »Ist dir das bisher noch nicht aufgefallen?«

Jennys Stirn legte sich in tiefe Falten. »Nein, eigentlich nicht. Habe ich irgendetwas falsch gemacht?«

»Nein, mein Schatz, natürlich nicht.« Piper nahm Jenny in die Arme und sah Phoebe viel sagend an. Phoebe verstand die Botschaft klar und deutlich. Es war dringend Zeit, ein interessantes Gesprächsthema zu finden.

»Und, was denkst du jetzt über den Zirkus?«, fragte Phoebe. »Ist doch nicht nur für Babys, was?«

Jenny lehnte sich auf ihrem Sitzplatz zurück. »Nee. Ich schätze, ich muss mich tatsächlich bei Onkel Dan bedanken, dass er mich hergebracht hat.« Sie lächelte Piper an. »Aber mit dir loszuziehen war trotzdem hundertmal besser als mit ihm.«

»Und was hat dir am besten gefallen?«, erkundigte sich Phoebe, um Jenny weiter zu beschäftigen.

Jenny überlegte einen Augenblick. »Alles«, verkündete sie dann.

»Auch Raphael, der Schlangenbeschwörer?«, stichelte Piper.

Lachend verzog Jenny das Gesicht. »Okay, doch nicht alles. Außerdem ist er Phoebes Freund.« Sie beugte sich vor und pikste Phoebe in die Seite. »Ich will ihn ihr auch bestimmt nicht wegnehmen.«

»Ha. Ha«, machte Phoebe und versuchte, Jennys Finger zu packen. »Sehr komisch.«

»Am besten hat mir Ivan, der Zigeunerfiedler, gefallen«, sagte Piper.

»Der war wirklich etwas Besonderes«, stimmte Phoebe zu.

»Habt ihr ihn schon interviewt?«, erkundigte sich Piper.

»Ja«, sagte Prue.

Die Art, wie Prue sich auf die Lippe biss und versuchte, ein Grinsen zu unterdrücken, verriet Phoebe, dass dieser Ivan bei ihrer Schwester einen beachtlichen Eindruck hinterlassen hatte. Und sie nahm an, dass dieser nicht nur etwas mit seinem Können in der Manege zu tun hatte. »Und ...?«, bohrte sie.

»Er ist wirklich sehr ... interessant.«

Phoebe wusste, dass an dieser Geschichte mehr dran war. »Spuck's schon aus, Schwesterchen. Ich habe dich seit, ich weiß nicht wann, nicht mehr erröten sehen.«

Prue schüttelte grinsend den Kopf. »Vor dir kann ich wohl gar nichts verheimlichen, was? Okay. Also, ich mag ihn. Er ist sehr nett und charmant.«

Nun beugten sich Jenny und Piper gleichzeitig vor. »Wie sieht denn dieser Charmeur aus?«, fragte Piper. »Wir konnten ihn von unseren Plätzen aus nicht so gut erkennen.«

»Sieht er gut aus?«, wollte Jenny wissen, und Phoebe konnte sich des Gefühls nicht erwehren, dass Piper ziemlich erleichtert über Jennys Interesse an einer anderen Romanze als der zwischen ihr und Dan war. Ivan eignete sich vorzüglich als Ablenkung, und nicht nur in diesem Punkt.

»Gut ist noch untertrieben«, sagte Prue, während sie sich umdrehte und Jenny zulächelte. »Und außerdem ist er noch klug, ausgeglichen und ungemein interessant.«

»Ist er wirklich ein Zigeuner?«, fragte Jenny weiter. »Kann er wahrsagen?«

»Er glaubt nicht an so ein Zeug«, erwiderte Prue. Phoebe konnte ihrem Tonfall nicht entnehmen, ob Ivan tatsächlich nicht an Zauberei glaubte oder ob sie Jenny nur von diesem heiklen Thema abhalten wollte.

»Aber er hat mir eine Menge über die Bräuche der Zigeuner erzählt«, fügte Prue hinzu.

»Cool! Was denn?«

Phoebe lauschte amüsiert, während Prue von den verschiedenen Liebeszaubern der Zigeuner erzählte.

»So, so, also hat er dir alles über die Zeichen der Liebe erzählt«, stichelte Piper. »Musste er wohl auch, wie sonst solltest du merken, wenn er dir eines schickt.«

Prue bedachte ihre Schwester mit einer Grimasse, die Piper umgehend erwiderte.

»Was hat er sonst noch erzählt?«, fragte Jenny begierig.

Langsam entspannte sich Phoebe ein wenig. Jenny konzentrierte sich ganz auf dieses Gespräch, und solange sie im Auto waren, konnte auch Piper nichts zustoßen. Trotzdem hatte Phoebe es eilig, nach Hause zu kommen, damit sie sich endlich an die Arbeit machen konnten, um zu verhindern, dass aus ihrer Vision Wirklichkeit wurde.

»Lass mich überlegen«, sagte Prue, während sie sich vorsichtig in den fließenden Verkehr einfädelte. »Es gibt eine Legende über einen magischen Juwel, genannt der Roma-Rubin. Angeblich verleiht er dem Zigeuner, der ihn besitzt – wie hat er sich noch ausgedrückt? Ach ja, dreifache Macht. Es heißt, der Rubin sei auf seine Astralebene zurückgekehrt, nachdem sein letzter Besitzer gestorben ist, um seine Energie wieder aufzuladen. Ivan sagte, die verschiedenen Sippen seien aufeinander losgegangen, weil jeder diesen Juwel haben wollte.«

»Wow. Wie leidenschaftlich!«, kommentierte Piper.

Prue stoppte den Wagen vor einer roten Ampel. »Ivan glaubt nicht, dass es den Stein wirklich gibt. Der Streit zwischen den Familien, die alle versucht haben, den Juwel aus seiner Astralebene zurückzuholen, war sogar einer der Gründe, warum Ivans Eltern sich von den Traditionen der Zigeuner losgesagt haben.«

»Du hast Recht«, sagte Piper. »Er scheint wirklich vernunftbegabt zu sein.«

Allmählich kehrte Phoebes Nervosität zurück. Musste denn so viel Verkehr herrschen? Es bedurfte äußerster Selbstkontrolle, um die Neuigkeiten über ihre Vision nicht laut hinauszuplärren. Allerdings war sie wirklich dankbar, dass all das Gerede über Ivan und die Legenden Jenny davon abhielt, noch weitere Fragen über ihren eiligen Aufbruch zu stellen.

Jenny seufzte mit verträumter Miene. »Das ist ja romantisch. Und seine Musik ist so wunderschön.«

»Es gibt sogar eine Geschichte über seine Violine«, erzählte Prue, während sie den Wagen durch den dichten Verkehr steuerte. »Sie wurde von einer Generation an die nächste weitergereicht, und manche Leute glauben, dass die Violine sich ihren Besitzer aussucht.«

»Wie macht sie das?«

»Wenn es an der Zeit ist, sie weiterzugeben, wird jedem Kind der Familie gestattet, sie zu spielen, und die Violine wird ihre Wahl durch ihren Gesang bekunden.«

»Sie singt?«, hakte Phoebe nach. Trotz ihrer Besorgnis stellte sie fest, dass sie von Ivans schillernden Geschichten fasziniert war.

»Ivan glaubt nicht, dass tatsächlich irgendwelche übernatürlichen Kräfte dabei am Werk sind«, fuhr Prue fort. »So wie er die Sache sieht, bekommt das Kind, das eine musikalische Gabe besitzt, das Instrument zugesprochen. Auf diese Weise müssen Mom und Dad sich nicht der jahrelangen Folter durch kreischende Violinensaiten aussetzen. Eine nette Story mit einem ziemlich pragmatischen Hintergrund.«

»Das macht alles kaputt«, beklagte sich Jenny. »Mit der anderen Erklärung gefällt mir die Geschichte viel besser.«

»So, wir sind da«, verkündete Phoebe, als Prue den Wagen in die Einfahrt zum Haus der Halliwells lenkte. Gleich darauf krabbelte sie hastig aus dem Auto. »Wir müssen uns beeilen, Mädels«, erklärte sie. »Wir wollen uns schließlich nicht die besten Reifen wegschnappen lassen.«

»Danke für den tollen Tag. Wir sehen uns dann morgen!« Jenny umarmte Piper stürmisch. »Viel Spaß beim Reifenkaufen.«

Die drei Halliwells winkten Jenny nach, als diese nach Hause rannte.

»Okay, Phoebe«, fing Piper an, das freundliche Lächeln noch immer fest auf die Lippen genagelt. »Was hast du gesehen?«

Jenny drehte sich um, winkte und verschwand im Haus. Piper, Prue und Phoebe machten auf dem Absatz kehrt und rannten den Weg zur Haustür hinauf.

Prue schloss die Tür auf. »Du hattest also eine Vision, richtig? Ist das der Grund, warum wir plötzlich so dringend neue Reifen brauchen?«

»So ist es«, entgegnete Phoebe und stürzte ins Haus. In ihrer Erleichterung, endlich loswerden zu können, was sich nun schon so lange in ihr staute, ging die Nervosität mit ihr durch. Phoebe stürmte ins Wohnzimmer, wirbelte um die eigene Achse und deutete mit ausgestrecktem Arm auf Piper. »Piper. Wie sie stranguliert wird.«

Piper ließ sich auf die Couch fallen. »Ooookay. Und von wem?«

Phoebe ging unruhig im Zimmer auf und ab. »Niemand, den ich kenne.«

»Ein Dämon? Ein Hexer?«, bohrte Prue.

Phoebe schüttelte den Kopf. »Er sah menschlich aus. Vielleicht erfüllt von dämonischem Zorn, aber ein Mann.«

»Das engt die Sache ein«, murrte Piper. »Halte dich von Männern fern, dann kann dir nichts passieren. Eigentlich würde das mein ganzes Leben vereinfachen.«

»Von gut aussehenden Männern«, fügte Phoebe hinzu.

Ein Ausdruck von Panik huschte über Pipers Gesicht. »Es war aber nicht Leo? Oder Dan?«

»Nein«, versicherte ihr Phoebe. »Ich sagte doch, ich kannte ihn nicht.«

Piper lehnte sich auf der Couch zurück, und Prue setzte sich zu ihr. »Also ab jetzt nur noch Kobolde für mich«, kommentierte Piper. »Schön, mir soll's recht sein.«

»Das ist kein Spaß«, mahnte Phoebe. »Ich habe keine Ahnung, wo, wann oder warum das alles passieren soll.«

»Prue, du bist so still geworden«, stellte Piper fest.

»Ich hatte mich nur gefragt ...« Prue stand auf und sah zum Fenster hinaus.

Piper und Phoebe sahen einander verwundert an. »Und?«, fragte Piper dann in der Hoffnung, Prue zum Weiterreden zu ermuntern.

Prue verschränkte die Arme vor der Brust. »Ich habe jemanden – oder *etwas* – Seltsames in der Nähe von Ivans Wohnwagen gesehen, bevor die Vorstellung anfing.«

»Einen gut aussehenden Würger«, konstatierte Piper.

Prue drehte sich um und sah ihre Schwestern an. Dann schüttelte sie den Kopf. »Gut aussehend war der Kerl bestimmt nicht. Ich hatte mich gefragt, ob es ein maskierter Künstler war, aber als ich ihn anderen Zirkusleuten beschrieben habe, hat niemand ihn gekannt.«

Phoebe lauschte aufmerksam, als Prue die abgerissenen Klamotten und das Modergesicht beschrieb. »Das ist jedenfalls nicht der Typ aus meiner Vision.«

»Wisst ihr«, sagte Piper gedehnt, »das Kostüm klingt nach traditioneller Zigeunerkleidung. In dem Wagen von Olga, der Wahrsagerin, habe ich Bilder von einem Mann gesehen, der so gekleidet war. Allerdings waren seine Augen völlig in Ordnung, und seine Haut hat sich auch nicht abgelöst.«

Phoebe fiel der überraschte Ausdruck in Prues blauen Augen auf. »Du hast Olga kennen gelernt?«, fragte sie Piper.

Piper nickte und zog sich ein Kissen auf den Schoß. »Jenny wollte unbedingt herausfinden, ob es noch Hoffnung für mich und Dan gibt.« Sie glättete den Stoff des Kissenbezuges mit den Händen. »Olga sagte mir, ich wäre in der Nähe des Zirkus in Gefahr.« Sie sah ihre Schwestern an. »Ich hatte nicht den Eindruck, dass sie wirklich wahrsagen kann, aber vielleicht habe ich mich geirrt.«

»Eines steht fest«, sagte Phoebe. »Der Kerl, der seine Pfoten an deinem Hals hatte, war ein echter Blickfang, und das klingt ganz und gar nicht nach Prues Mr. Widerlich.«

Piper betrachtete Prue nachdenklich. »Glaubst du, dieser sonderbare Kerl bei Ivans Wohnwagen könnte etwas mit Phoebes Vision zu tun haben?«

Prue setzte sich wieder auf die Couch. »Ich weiß es nicht. Als ich Olga gesehen habe, hat sie versucht, sich vor dem bösen Blick zu schützen, von dem sie glaubt, er könne sie durch Ivan treffen. Vielleicht hat dieser seltsame Zigeuner etwas damit zu tun.«

»Wir sollten das *Buch der Schatten* konsultieren«, schlug Phoebe vor. »Wir müssen nachsehen, ob etwas über Zigeuner drinsteht. Vielleicht erfahren wir so etwas über den vermodernden Kerl im Gebüsch.«

»Vielleicht war es ja nur irgendein durchgeknallter Irrer. Die treiben sich schließlich auch gern in der Nähe von Zirkussen oder Parks herum«, ermahnte Piper ihre Schwestern, ehe sie an Prue gewandt mit einem Schauder hinzufügte: »Vielleicht hattest du mit deiner Abneigung gegen den Zirkus doch nicht so Unrecht«.

»Fangt ihr zwei schon mal an«, sagte Prue. »Ich muss erst diese Probeabzüge entwickeln. Immerhin habe ich mich gleich am ersten Tag ziemlich früh abgesetzt, also sollte ich morgen wenigstens ein paar gute Bilder vorweisen können.«

»In Ordnung«, sagte Phoebe. Zusammen mit Piper ging sie auf den Dachboden, wo sie das *Buch der Schatten* aufbewahrten. Das umfangreiche Buch enthielt unzählige Zaubersprüche, niedergeschrieben von Generationen von Halliwell-Hexen. Phoebe war überzeugt, dass sie dort ein paar Antworten finden konnten. Nun, da sie und ihre Schwestern gemeinsam daran arbeiteten, die Verwirklichung ihrer Vision zu unterbinden, fühlte sie sich schon viel besser.

Nach etwa einer Stunde hatten sie noch immer nichts finden können. Phoebe streckte sich. »Lass uns eine Pause machen«, schlug sie vor. »Danach können wir mit frischer Kraft weitermachen. Aber jetzt brauche ich etwas zu essen, und ich wette, Prue könnte eine kurze Abwechslung auch nicht schaden.«

Piper rieb mit den Handflächen über ihre Wangen und blinzelte einige Male. »Okay. Meine Augen können ein bisschen Ruhe gut vertragen. Manche Schriften in diesem Buch sind furchtbar schwer zu lesen.«

Sie gingen die Treppe hinunter zu der Dunkelkammer, die Prue im Keller eingerichtet hatte. »Prue!«, rief Phoebe durch die geschlossene Tür. »Können wir reinkommen?«

»Kommt nur!«, erwiderte Prue.

Piper und Phoebe betraten die Dunkelkammer, und Phoebe wartete darauf, dass ihre Augen sich an den schwachen roten Lichtschein gewöhnten. »Wie läuft's?«

»Wirklich gut«, entgegnete Prue, während sie mit einer Zange in einer Schale mit Entwicklerflüssigkeit rührte. »Wie seid ihr mit den Nachforschungen vorangekommen?«

Piper seufzte. »Sagen wir, wir hoffen, dass sich deine Bilder besser entwickeln als unsere Spurensuche.«

Prue zog eine Braue hoch. »Doch so gut?«

»Dürfen wir uns die Bilder ansehen?«, fragte Phoebe.

»Ich habe noch nicht alles entwickelt, aber es gibt ein paar lustige Bilder von euch und diesen Clowns«, entgegnete Prue. »Sie hängen da drüben zum Trocknen.«

Piper und Phoebe begutachteten sofort sämtliche Abzüge, die Prue bereits entwickelt hatte. »Ein paar davon sind wirklich hervorragend«, stellte Phoebe fest.

»Ich muss zugeben, der Zirkus war doch nicht so furchtbar, wie ich angeommen hatte«, gestand Prue.

»Na so was. Sollte das etwa irgendetwas mit einem gut aussehenden Zigeuner zu tun haben?«, stichelte Piper. »Ist er da irgendwo drauf?«, fragte sie mit Blick auf die trocknenden Abzüge.

»Er ist auf dem letzten Film«, sagte Prue und deutete auf die Bilder in der Schale. »Ich muss sagen, meine Ansichten über Leute, die beim Zirkus arbeiten, haben sich nach der Begegnung mit Ivan geändert.«

»Was meinst du damit?«, fragte Phoebe.

»Ich hätte nie gedacht, dass Zirkusartisten so bodenständig sein können«, erklärte Prue.

»Nur, weil sie so viel Zeit auf Hochseilen und Trapezen zubringen?«, hakte Phoebe nach.

»Warum sollten sie anders sein als ganz normale Leute?«, bemerkte Piper. »Du überraschst mich, Prue. Du hast die Zirkusleute die ganze Zeit nur nach deiner voreingenommenen Meinung beurteilt. Aber ich bin froh, dass Ivan dich eines Besseren belehrt hat.«

»Schätze, das hat er tatsächlich«, gab Prue zu.

»Okay, langsam haben wir genug über dieses Wunder von einem Zigeuner geredet«, verkündete Phoebe. »Wie sieht der Schönling denn nun aus? Von meinem Platz aus konnte ich nur erkennen, dass er mit seiner Violine umzugehen weiß und tolle Beine hat.«

Prue hielt strahlend einen Abzug hoch. »Diese Aufnahmen werden ihm tatsächlich gerecht«, sagte sie. »Großartig.« Sie ließ das Bild in die Spülschüssel gleiten und griff nach dem nächsten.

»Lass mich mal sehen«, sagte Piper und drängte sich neben Prue an die Fotoschale. »Nicht übel«, murmelte sie anerkennend.

»Ich bin dran.« Phoebe schob Piper von dem kleinen Tisch weg. Dann schnappte sie nach Luft.

Sie musste sich am Tisch festhalten, so sehr hatte der Anblick sie erschüttert. Erneut starrte sie in die Schale, ehe sie ihre Schwestern anblickte.

»Der Typ auf dem Foto?«, hauchte sie und deutete mit zitternden Fingern auf das Bild. »Das ist der gut aussehende Typ, der Piper in meiner Vision gewürgt hat.«

7

PRUE STARRTE PHOEBE mit großen Augen an. »W-w-was redest du da?«

»Dieses hübsche Gesicht würde ich überall wieder erkennen. Das ist der Kerl, dessen Finger Pipers Kehle umklammert haben.«

Pipers Hände flogen förmlich an ihren Hals. »Bist du sicher?«

»Da muss ein Irrtum vorliegen«, protestierte Prue. »Ich glaube nicht, dass Ivan überhaupt fähig ist, jemandem wehzutun. Ich habe gesehen, wie er mit seinen Tieren ...«

»Vielleicht verhält er sich Menschen gegenüber anders«, wandte Phoebe ein.

»Oder Hexen«, fügte Piper hinzu.

Prue schüttelte den Kopf. »Ihr habt ihn nicht kennen gelernt. Ich weiß nicht, wie ich es erklären soll, aber er ist der liebenswürdigste Mensch, der mir je begegnet ist.«

»Dämonen und Hexer tarnen sich auf vielfältige Weise«, ermahnte sie Phoebe. »Im einen Moment ist der Typ so süß wie Schokoladeneis, und im nächsten versucht er ohne Vorwarnung, ein argloses Mädchen um die Ecke zu bringen.«

Prue biss sich auf die Lippe. Sie wusste, dass Phoebe die Wahrheit sagte, aber es fiel ihr immer noch schwer, den Ivan, mit dem sie den halben Nachmittag verbracht hatte, und den, den Phoebe in ihrer Vision gesehen hatte, unter einen Hut zu bringen.

»Lasst uns keine voreiligen Schlüsse ziehen«, sagte Piper. »Du hast doch gesagt, es gebe Gerüchte, dass Ivan verflucht sei, richtig?«

Prue nickte.

»Na ja, vielleicht stimmt das ja wirklich«, fuhr Piper fort, »und dieser Fluch zwingt ihn, gewalttätig zu werden oder mich anzugreifen.«

»Oder er hat das Gerücht selbst in Umlauf gesetzt«, konterte Phoebe. »Es könnte ihm als Alibi für seine bösen Machenschaften dienen.«

Prue ging im Geiste die Fakten durch, die ihr bekannt waren, und musste feststellen, dass es nicht allzu viele waren. Ihr Gefühl sagte ihr, dass Ivan nichts Böses an sich hatte. Aber aus ihrer Erfahrung als Hexe wusste sie, dass Gefühle manipuliert, ein guter Charakter nur vorgetäuscht werden konnte.

»Was ist mit diesem unheimlichen Zigeuner, den du in der Nähe von Ivans Wagen gesehen hast?«, fragte Phoebe. »Könnte er etwas mit dieser Sache zu tun haben?«

»Davon bin ich überzeugt.« Prue seufzte. »Aber was?«

»Vielleicht ist er ein Teil dieses Fluches«, vermutete Piper. »Vielleicht eine Manifestation des Bösen oder so was in der Art.«

»Oder Ivan ist dieser abscheuliche Kerl«, warf Phoebe finster ein. »Immerhin hat er sich in der Nähe von seinem Wohnwagen herumgetrieben.«

»Nein, das ist völlig unmöglich«, platzte Prue heraus.

Phoebe bedachte sie mit einem strengen Blick. »Das kannst du nicht wissen.«

Prue fühlte einen Stich im Herzen. Sie wusste, dass Phoebe Recht hatte und die Gefühle, die sie Ivan entgegenbrachte, ihrer Vernunft nicht im Wege stehen durften. Wenn sie zuließ, dass die Emotionen ihr Urteilsvermögen trübten, würde sie möglicherweise sich und ihre Schwestern in große Gefahr bringen.

Und Ivan auch, wie ihr plötzlich bewusst wurde. Vielleicht gab es wirklich einen Fluch, und es lag bei den Zauberhaften, ihn davon zu erlösen. »Vielleicht ist das der Grund für deine Vision«, sagte sie zu Phoebe. »Vielleicht ist Ivan der Unschuldige, den wir beschützen und davor bewahren müssen, etwas so Schreckliches gegen seinen Willen zu tun.«

»Ich halte es für viel wahrscheinlicher, dass meine Vision eine Warnung für Piper darstellen sollte«, widersprach Phoebe.

»Wir brauchen einfach mehr Informationen«, stellte Prue fest, während sie sich die Nasenwurzel massierte, um sich gegen die langsam heraufziehenden Kopfschmerzen zu wehren. »Wir müssen herausfinden, wer oder was dieser unheimliche Kerl ist. Und was mit Ivan los ist und warum er Piper überfallen könnte.«

»Wir wissen zwar nicht, warum«, erklärte Phoebe, »aber wir wissen, wer, also können wir zumindest dafür sorgen, dass Piper nicht in seine Nähe kommt.«

»Phoebe hat Recht«, stimmte Prue zu. »Keine Zirkusbesuche mehr für dich.«

Piper seufzte. »Das funktioniert schon aus zwei Gründen nicht. A – wenn Ivan ein Dämon ist, werden wir vermutlich die Macht der Drei brauchen, um ihn zu schlagen.«

»Und was ist B?«, fragte Prue.

»Jenny hat mich gebeten, sie noch einmal mitzunehmen, solange sie bei Dan zu Besuch ist«, entgegnete Piper.

»Lass mich raten«, bat Prue. »Du hast dich wegen der Trennung von Dan so schuldig gefühlt, dass du ihr versprochen hast, ihr den Gefallen zu tun?«

»Das kannst du nicht machen!«, protestierte Phoebe. »In meiner Vision warst du eindeutig auf der Verliererseite.«

Piper verschränkte die Arme vor der Brust. »Du weißt doch nicht mal, wo er mich angreifen wird. Vielleicht passiert es gar nicht auf dem Zirkusgelände. Und ich werde mein Versprechen Jenny gegenüber nicht brechen. Wir haben sie da weggezerrt, ehe der Spaß überhaupt richtig losging.«

»Piper«, sagte Prue.

»Prue«, sagte Piper, wobei sie Prues warnenden Tonfall nachäffte. »Ich werde mein Versprechen halten«, erklärte sie entschlossen. »Jenny ist ohnehin nicht gerade begeistert darüber, hier zu sein, und das Erste, was sie erfahren hat, als sie ankam, war, dass Dan und ich uns getrennt haben. Ich werde es nicht noch schlimmer für sie machen, indem ich mein Wort breche.«

Prue kannte ihre Schwester gut genug, um zu wissen, dass jede weitere Diskussion reine Zeitverschwendung war. Für Piper war ein Versprechen etwas Heiliges.

»Ich werde mich von Ivan fern halten«, versprach Piper.

»Und wir werden uns bemühen, dafür zu sorgen, dass er sich von dir fern hält«, versicherte Phoebe.

»Ich werde mich um ihn kümmern«, erklärte Prue.

»Hältst du das wirklich für eine gute Idee?«, fragte Phoebe. »Du scheinst, na ja, ein wenig voreingenommen zu sein in Bezug auf ihn.«

»Vielleicht gibt er sich mir gegenüber offen«, meinte Prue.

»Oder er öffnet dich und frisst deine Innereien«, grollte Phoebe.

Prue bedachte ihre Schwester mit einem angewiderten Blick. »Bah. Musste das sein? Ich werde schon auf mich aufpassen.« Sie stieß einen langen Seufzer aus. »Gerade als die ganze Sache anfing, mir tatsächlich Spaß zu machen. Das ist wirklich nicht die geeignete Methode, meine Einstellung zum Zirkus zu ändern.«

Als Prue früh am nächsten Tag auf ein Klopfen hin die Tür öffnete, war sie bereits putzmunter.

»Hi!«, grüßte Jenny mit einem breiten Grinsen. »Können wir los?«

Prue konnte sich ein Lächeln nicht verkneifen, denn Jenny konnte den erneuten Besuch beim Zirkus offensichtlich kaum erwarten. Piper hatte Recht behalten. Das Mädchen wäre furchtbar enttäuscht gewesen, wenn sie ihr abgesagt hätten.

Bis zu Prues erstem offiziellen Termin dauerte es noch eine Weile, also würde sie, getarnt durch ihren Job als Fotografin, ein wenig herumschnüffeln. Piper und Phoebe wollten derweil versuchen, möglichst viel über die Artisten herauszufinden – und darüber, was sie über Ivan wussten. Außerdem wollte Phoebe versuchen, eine neue Vision herbeizuführen.

»Habt ihr eure Reifen gekriegt?«, fragte Jenny, als Prue die ganze Truppe wieder zum Zirkus chauffierte.

»Reifen?«, fragte Prue verwirrt.

Phoebe warf ihr einen warnenden Blick zu. »Ganz großartige Reifen«, sagte sie.

»Hervorragende Reifen«, fiel Piper ein.

»Gut«, verkündete Jenny. »Dann können wir heute ja so lange bleiben, wie wir wollen.«

Wir werden so lange bleiben wie nötig, dachte Prue, als sie den Wagen in die Parklücke bugsierte.

Wenige Augenblick später hastete Prue bereits zu Ivans Wohnwagen, klopfte an die Tür und wartete nervös darauf, dass ihr geöffnet wurde.

Verunsichert schüttelte sie den Kopf. Wie soll ich herausfinden, ob er böse ist, ohne dabei etwas preiszugeben? Sie konnte einfach nicht glauben, dass er ein Dämon war. Die einzigen Vibrationen, die ich von ihm wahrgenommen habe, waren süß und lieb, dachte sie.

Und das liegt nicht an seinen großen dunklen Augen und dem Wust schwarzer Locken. Absolut nicht.

Reiß dich zusammen, ermahnte sie sich. Du willst doch nicht, dass deine Schwestern Recht behalten und du deine ganze Objektivität verlierst.

Sie klopfte noch einmal, dieses Mal kräftiger. »Ivan?«, rief sie.

Schließlich, so sagte sie sich, musste er nicht im Wagen sein. Sie sah sich um und beschloss, dass dies eine gute Gelegenheit war, ein wenig herumzuschnüffeln.

Prue konzentrierte sich auf das Schloss, bündelte ihre Energie und schnippte kurz mit den Fingern. Das Schloss sprang auf.

Vorsichtig kletterte sie in den Wohnwagen.

Alles war voll mit Kostümen, Andenken aus allen möglichen Orten, an denen der Zirkus gastiert hatte, und Familienfotos. Aber trotz des fröhlichen Durcheinanders machte der Wagen einen sauberen und ordentlichen Eindruck.

Wo sollte sie mit der Suche beginnen? Noch während sie überlegte, ergriff sie ein gerahmtes Bild. Ein Paar mit auffallend dunklen Haaren lächelte strahlend in die Kamera. Vor ihnen stand ein Junge mit wilden dunklen Locken und einer Violine. Das Instrument war beinahe genauso groß wie der Junge, der die Violine mit einer Mischung aus glühendem Stolz und Ehrfurcht in der Hand hielt. Den gleichen Stolz hatte Prue in Ivans Zügen bemerkt, als er von seiner Familie erzählt hatte.

Sie stellte das Bild zurück, und ein anderes erregte sogleich ihre Aufmerksamkeit. Es war eine Illustration, die an der Tür des Kleiderschranks klebte. Vorsichtig tastend erkannte Prue, dass sie aus einem Buch herausgerissen worden war. Die Bildunterschrift lautete: »Zigeuner in traditioneller Tracht.« Neben dem Bild hingen Skizzen für Kostüme, an denen Stoffmuster festgeklammert waren.

»Piper hatte Recht«, murmelte Prue. Die Kleidung ähnelte der, die diese Ghulgestalt getragen hatte, der sie gestern begegnet war.

Prue setzte ihre Durchsuchung fort, wobei sie sorgsam darauf achtete, alles wieder an seinen korrekten Platz zurückzustellen. Bisher hatte sie keinen Hinweis darauf entdecken können, dass Ivan Böses im Schilde führte. Vielleicht, überlegte sie, sollte sie mit Phoebe noch einmal herkommen. Möglicherweise würde dieser Ort Phoebe zu einer weiteren Vision verhelfen, während sie selbst doch nur blind herumwühlen konnte.

Prue kauerte sich vor eine große Truhe. Mit Hilfe ihrer Kräfte öffnete sie die Schlösser und klappte den Deckel auf, doch alles was sie fand, waren noch mehr Kostüme.

Schließlich erhob sie sich und sah sich ein letztes Mal in dem Wagen um. Dann weiteten sich ihre Augen, als plötzlich eine Woge fremdartiger Energien die Luft über der Truhe erschütterte.

»Was zum ...«

Ivans Violine materialisierte sich direkt vor ihrer Nase.

8

Wie erstarrt gaffte Prue die Violine an. Also gab es tatsächlich etwas Übernatürliches in dem Wagen, aber was hatte das zu bedeuten?

Sie trat einen Schritt näher an die Truhe heran. War die Violine selbst ein magischer Gegenstand, oder hatte jemand sie zu magischen Zwecken missbraucht?

Noch ehe sie den Vorfall genauer untersuchen konnte, hörte sie die Tür hinter sich. Entsetzt kniff sie die Augen zu. Oh-oh. Erwischt.

Sie wirbelte um die eigene Achse und fand sich Nase an Nase mit Ivan, dem Zigeunerfiedler, wieder. Beinahe peinlich berührt stellte sie fest, wie gern sie sein Gesicht betrachtete, selbst wenn es wie in diesem Augenblick bloße Verwirrung widerspiegelte.

»Prue! Wie sind Sie hier hereingekommen?«, fragte er. »Ich dachte, ich hätte abgeschlossen.«

»Die Tür ging auf«, sagte Prue, was in gewisser Weise durchaus der Wahrheit entsprach.

Ivan strich sich mit der Hand durch seine Locken. »Ich muss vorsichtiger sein. Jemand hat meine Violine gestohlen. Vermutlich habe ich es meiner eigenen Sorglosigkeit zu verdanken, dass überhaupt jemand hier reinkommen konnte.«

»Ihre Violine wurde gestohlen?«, fragte Prue.

»Ja.« Er schien ziemlich aufgebracht zu sein. »Darum war ich gerade unterwegs. Ich wollte herausfinden, wer sie gestohlen haben könnte.« Er ließ sich auf einen Stuhl neben dem kleinen Tisch plumpsen und blieb mit herabhängenden Schultern erschöpft sitzen. »Ich hatte gehofft, es wäre nur ein neugieriges Kind gewesen. Oder vielleicht ein harmloser Streich. Jedenfalls würde mir der Gedanke nicht gefallen, dass tatsächlich jemand aus dem Zirkus sie gestohlen hat.«

»Sie liegt hier.« Prue deutete auf die Truhe, wobei sie aufmerksam auf seine Reaktion achtete.

Ivan sprang auf, schnappte sich die Violine und streichelte sacht über den Klangkörper. »Wo kommst du denn jetzt her?«

»Erwarten Sie, dass sie Ihnen antwortet?«, fragte Prue.

Ivan lachte. Eine sanfte Röte kroch über seine Wangen. »Natürlich nicht«, stammelte er. »Ich ... ich fühle mich dem Instrument einfach sehr verbunden, das ist alles.«

»Sie ist zweifellos etwas Besonderes«, sagte Prue. »Ich meine, wie viele Instrumente können schon aus eigenem Antrieb verschwinden und wieder auftauchen?«

»Das wäre sicher auch eine gute Zirkusnummer«, scherzte Ivan. »Vielleicht sollte ich die Idee Mr. Amalfi vorschlagen.«

»Was denken Sie, was hier passiert ist?«, fragte Prue.

Ivan schüttelte den Kopf. »Vielleicht war sie gar nicht weg. Ich war in letzter Zeit ziemlich zerstreut. Wahrscheinlich habe ich sie einfach irgendwo hingelegt und dann vergessen, wo sie war.«

»Mitten auf der Truhe ist sie aber verdammt schwer zu übersehen«, gab Prue zu bedenken.

»Ja, ja, ich habe wohl einfach zu viel im Kopf.«

»Wegen der Violine?«

»Ich habe sie, seit wir auf Tournee sind, immer wieder mal verlegt, und das passt überhaupt nicht zu mir.«

»Warum sind Sie so zerstreut?«, bohrte Prue.

»Ein persönliches Problem. Außerdem scheine ich ein wenig vom Pech verfolgt zu sein. So habe ich zum Beispiel meinen Einsatz verpasst, oder die Schlösser der Käfige waren plötzlich offen.«

»Hat dieses Pech immer etwas mit der Show zu tun?«

»Olga, die Wahrsagerin, hat versucht, mir einzureden, dass die Violine mein Pech verursachen würde. Dass sie verflucht sei.«

Prue fragte sich, ob die Wahrsagerin vielleicht richtig lag. Bisher hatte Olga jedenfalls schon Erstaunliches geleistet. Schließlich hatte sie die Gefahr für Piper vorhergesagt, eine Weissagung, die später durch Phoebes Vision bestätigt worden war.

»Denken Sie, Olga könnte Recht haben?«, fragte Prue.

Ivans Brauen ruckten hoch. »Sagen Sie nicht, Sie glauben an diesen Unsinn.« Er grinste Prue freundlich an. »Ich, der Zigeuner, sage einem Gaujo, er solle nicht so abergläubisch sein. Paradox, nicht wahr?«

Nur, weil du nicht weißt, wer ich wirklich bin, dachte Prue. »Ich glaube, es gibt Dinge, die schwer zu erklären sind.«

Ivan winkte ab. »Die Violine ist ganz einfach ein besonders gutes Instrument, und ihre Magie ist die Magie ihres Schöpfers.« Ivan hielt die Violine hoch und musterte sie bewundernd. »Ich lebe schon mein ganzes Leben mit dieser Violine und werde es nicht müde.«

Er ergriff einen Bogen und spielte eine kurze Weise. Die Klänge jagten Prue wohlige Schauer über den Rücken. Wie hatte sie nur je an ihm zweifeln können? Statt sich zu sorgen, dass ihr durch ihn Gefahr drohen könnte, sorgte sie sich um ihn.

Sie sah zu, wie er die Augen schloss und sich im Takt seiner Melodie wiegte. Seine Finger wanderten über den Hals der Violine, und der Bogen bewegte sich in graziösem Schwung vor und zurück.

Der Bogen. Prue erkannte, dass der schmale Bogen mit kunstvollen Schnitzereien versehen war. Diese Verzierungen waren ihr bisher nicht aufgefallen. Als Ivan seine Weise beendet hatte, wirbelte er die Violine herum, und Prue erhaschte einen Blick auf die aufgemalten Motive auf der Rückseite des Instrumentes. Vermutlich war sie so sehr auf Ivan fixiert gewesen, dass sie der Violine nicht allzu viel Aufmerksamkeit gewidmet hatte – bis das Ding seine eigene kleine Zirkusnummer aufgeführt hatte.

»Warum sollte Olga Ihnen sonst sagen, die Violine wäre verflucht?«, wollte Prue wissen, während sie sich fragte, was diese Symbole für die Roma bedeuten mochten.

»Vermutlich, damit sie mir eine Menge Geld für die Aufhebung des Fluches abnehmen kann«, entgegnete Ivan achselzuckend. »Das ist ein klassischer Trick. Man erzählt irgendeinem Gutgläubigen, ein Fluch würde auf ihm lasten, aber die *Shuvani* könne ihn für tausend Dollar davon befreien.«

»Shuvani?« fragte Prue.

»So nennen Zigeuner Hexen oder weise Frauen«, erklärte Ivan.

»Und Sie glauben, dass Olga versucht, Sie hereinzulegen? Sie, einen anderen Zigeuner?«, hakte Prue nach.

»Bis zu jenem Tag hatte ich noch nie mit Olga gesprochen. Keiner von uns konnte wissen, ob sich hinter der Bezeichnung Zigeuner auch wirklich ein Zigeuner verbirgt. Viele Leute beim Zirkus legen sich einen exotischen Lebenslauf zu. Das lässt sie geheimnisvoller erscheinen. Es ist durchaus möglich, dass sie mich für einen Gaujo gehalten hat – bis ich mich mit ihr in der Sprache der Roma unterhalten habe.«

»Und sie ist trotzdem dabei geblieben?«, erkundigte sich Prue. »Warum sollte sie das tun, wenn sie nicht tatsächlich an einen Fluch glaubt?«

Ivan rieb sich das Gesicht, und Prue fragte sich, ob sie ihn zu sehr bedrängt hatte. Andererseits konnte sie die Sache nicht einfach auf sich beruhen lassen – sie musste ihr auf den Grund gehen. Das Leben ihrer Schwester stand auf dem Spiel. Und das Gleiche galt möglicherweise für Ivan.

Nach einer Weile sagte er: »Dies ist ein sehr wertvolles Instrument. Es ist Hunderttausende von Dollar wert. Vielleicht hat sie es darauf abgesehen. Allerdings gefällt es mir nicht, so über Kollegen zu denken.«

»Ivan?« Eine Frau mit kastanienbraunem Haar steckte den Kopf zur Tür herein.

»Miranda, komm rein.« Ivan erhob sich.

Als sie Prue erblickte, runzelte Miranda die Stirn. Sie trat ein, stellte sich neben Ivan und musterte Prue finsteren Blickes. »Wer ist das?«

»Ich bin Prue Halliwell«, sagte Prue. »Ich arbeite als Fotografin für die Zeitschrift *415*.«

Die Frau nickte, blieb aber unverändert frostig. Mit ihren hohen Wangenknochen und der spitzen, geraden Nase sah sie ziemlich hochnäsig aus. Dass ihre hellen, grünen Augen eisige Blicke in Prues Richtung verschossen, rundete das Gesamtbild ab.

»Diese liebenswerte Dame ist Miranda Merril, die Hochseilartistin«, sagte Ivan. »Ihre Familie ist in ganz Europa bekannt.«

»Das ist wirklich interessant«, sagte Prue in der Hoffnung, die Stimmung ein wenig auflockern zu können. »Das müssen Sie unbedingt Kristin erzählen, der Journalistin. Ich weiß, dass sie vorhat, Sie zu interviewen.«

Miranda kehrte Prue den Rücken zu und fing an, ihr Bild im Spiegel zu studieren. »Ich habe noch nicht entschieden, ob ich mich interviewen lasse. Ich bin nicht der Ansicht, dass Außenstehende so viel über uns erfahren sollten.« Im Spiegel bedachte sie Prue mit einem vernichtenden Blick, ehe sie sich umdrehte, um Ivan mit Beschlag zu belegen. »Du solltest deine Zeit auch nicht mit unnützen Gesprächen vergeuden. Was weiß die schon von deinem Leben? Von unserem Leben?«

Auch eine Art, jemandem zu zeigen, dass man ihn nicht ausstehen kann, dachte Prue insgeheim. »Vielleicht bietet der Artikel Ihnen die Möglichkeit, Ihr Leben so darzustellen, wie Sie es dargestellt sehen wollen«, sagte sie freundlich.

Wieder fixierte Miranda Prue mit einem herablassenden Blick aus ihren großen grünen Augen. »Ich bin nicht der Ansicht, dass man Reportern trauen sollte.«

Prue hatte eher das Gefühl, dass Miranda einfach niemandem traute, der sich in Ivans Nähe aufhielt, ob es nun ein Reporter war oder nicht. Sie fragte sich, ob Miranda das persönliche Problem war, das Ivan so zu schaffen machte. Auf jeden Fall würde sie kaum Mirandas Sympathie gewinnen, wenn sie noch länger in Ivans Nähe herumlungerte, und es war bestimmt keine gute Idee, die Frau so sehr gegen sich aufzubringen, dass sie später das Interview oder die dazugehörenden Fotos verweigern würde.

»Ich hoffe jedenfalls, dass wir uns noch sehen werden«, sagte sie zu Miranda. »Bye, Ivan.«

Prue verließ den Wohnwagen. Kaum war die Tür hinter ihr ins Schloss gefallen, fing der Streit an. Zwar konnte sie die einzelnen Worte nicht verstehen, aber die lauten Stimmen und der wütende Tonfall sprachen Bände. Da sie nicht lauschen wollte, zog Prue eilends von dannen.

Schließlich konnte sie ihre Neugier in Bezug auf Ivans Privatleben auch noch ein wenig zügeln. Derzeit hatte Prue ohnehin dringendere Probleme. Beispielsweise fragte sie sich, wie sie die Symbole auf der Violine genauer in Augenschein nehmen konnte. Irgendwie ahnte sie, dass diese Zeichen der Schlüssel zu dem Geheimnis waren, das sich hinter dem Instrument verbarg.

Plötzlich fuhr ihr Kopf in die Höhe. »Ich hab's«, murmelte sie. Das gute alte Teleobjektiv. Sie würde einfach während der Vorstellung Fotos mit dem Teleobjektiv schießen und so die Symbole aufs Bild bannen. Auf diese Weise konnten sie vielleicht das Mysterium um das Instrument lösen.

Phoebe lehnte sich an die Rückseite einer Bude mit handgesponnenen Garnen. Vorsichtig schob sie sich bis zur Ecke vor und lugte seitlich um den Stand herum. Dann seufzte sie erleichtert. Die Luft war rein.

Womit habe ich das nur verdient?, fragte sie sich. Für all die süßen Arbeiter bin ich Luft, aber Raphael, den tätowierten Schlangenbeschwörer, ziehe ich magisch an. Was soll das?

Sie hatte den größten Teil des Vormittags unfreiwillig mit Ralphie-Boy Verstecken gespielt. Genauer gesagt, hatte sie sich versteckt und gehofft, dass er nicht suchen würde, aber der Kerl war verdammt hartnäckig.

Sie wollte unbedingt die Gegend untersuchen, in der Prue den unheimlichen abgerissenen Zigeuner gesehen hatte. Vielleicht fand sie etwas, das der sonderbare Mann verloren hatte, vielleicht entdeckte sie auch einen Hinweis auf einen Vagabundenunterschlupf. Irgendetwas, das ihnen weiterhelfen konnte. Dummerweise wusste sie nicht genau, wo sich die Tierkäfige befanden, und Ivan wollte sie nicht fragen. Aber wen konnte sie aushorchen, ohne Misstrauen zu erwecken?

»Ist das meine süße Phoebe?«, rief eine derbe Stimme hinter ihr. »Warte auf mich, Mädchen!«

Jeder Muskel in Phoebes Körper spannte sich. Raphael. Sie lief los – und rannte geradewegs in einen jonglierenden Stelzenläufer.

»Hey!«, schrie der Stelzenläufer. Die reisgefüllten Beutel, mit denen er jongliert hatte, flogen in alle Richtungen, und die Kinder in der Umgebung brachen lauthals in Gelächter aus. Verzweifelt versuchte der Stelzenläufer, sich aufrecht zu halten – vergeblich. Er stürzte direkt auf Phoebe.

»Es tut mir so Leid«, sagte Phoebe, als sie sich wieder auf die Beine gerappelt hatte und versuchte, dem jungen Mann aufzuhelfen, was sich durch die Stelzen als ziemlich schwierige Angelegenheit erwies.

»Tut mir wirklich Leid, aber ich muss unbedingt weiter!« Normalerweise wäre sie geblieben und hätte dem Mann geholfen, seine Sachen aufzusammeln, aber Raphael kam in rasendem Tempo näher. Also stürzte sie davon und schickte den Stelzenläufer erneut zu Boden.

»Sie hatten verdammtes Glück, dass ich nicht mit Kegeln jongliert habe«, brüllte er ihr wütend nach.

Noch jemand aus diesem Zirkus, dem ich besser aus dem Weg

gehe, dachte Phoebe. Erst der Schlangenbeschwörer, jetzt der Stelzenläufer.

»Phoebeeeeee!«, krähte Raphael. »Warte, ich bin nicht mehr so schnell wie früher.«

Da hatte sie doch zur Abwechslung mal Glück. Phoebe legte noch einen Zahn zu. Sie flitzte zwischen den Buden hin und her, stets darauf bedacht, niemanden umzurennen und Hindernissen aus dem Weg zu gehen, und schon nach wenigen Minuten fand sie sich inmitten einiger Wohnwagen wieder.

Sie sah sich um. Raphael war nirgends zu sehen. Ich weiß, was ich jetzt tun werde, dachte sie. Ich werde einfach an ein paar Türen klopfen und versuchen, ein paar Dinge über Ivan zu erfahren.

Ein kleiner Junge von etwa zwölf Jahren in Jogginghose und einem Zirkus-T-Shirt starrte Phoebe aus großen Augen an.

»Hey, Kleiner«, sagte Phoebe und ging vor ihm in die Knie, um auf gleicher Höhe mit ihm zu sprechen.

Die Augen des Jungen wurden noch größer. Er wich ein paar Schritte zurück, ehe er davonrannte und zwischen den Wohnwagen verschwand.

»Seltsam«, murmelte Phoebe, während sie sich wieder hochstemmte. »Bin ich denn so abstoßend?«

Dann hörte sie, wie eine Tür lautstark geöffnet wurde. Drei Clowns in voller Maske tauchten neben dem Wohnwagen auf, hinter dem der Junge verschwunden war. Alle trugen die gleichen Trikots und übergroße Hüte, was es ihr schwer machte, sie voneinander zu unterscheiden.

»Hallo!«, rief Phoebe strahlend. Sie kannte die drei Clowns nicht. Trotz der Maskierung konnte sie erkennen, dass es nicht Masha, Sacha und Kaboodle waren. »Ich bin Phoebe. Ich wüsste gern, ob ich Ihnen vielleicht ein paar Fragen stellen könnte.«

»Der Zutritt zum Clownlager ist nur den Clowns gestattet«, verkündete Clown Nummer eins.

»Clownlager?« Phoebe hatte keine Ahnung, warum diese Burschen so ablehnend waren, sie wusste nur, dass der Junge sie verraten haben musste und sie hier offenbar als Eindringling angesehen wurde.

Clown Nummer zwei stemmte seine Hände in die Hüften. »Das Clownlager ist unser Revier. Und jetzt zieh Leine.«

»Aber ...«, stotterte Phoebe.

»Mitkommen«, befahl Clown Nummer drei. Dann packte er ihren Arm und drehte sie herum. Gleich darauf griff einer der anderen beiden sich ihren zweiten Arm.

»Hey!« Die beiden Kerle hatten einen ziemlich festen Griff, und sie führten sie zurück zu dem Zaun, der die Wohnwagen von den öffentlichen Bereichen trennte.

»Okay, wie ihr wollt«, schnaubte Phoebe.

»Komm bloß nicht wieder«, warnte sie einer der Kerle.

»Nur keine Sorge, das werde ich nicht«, konterte Phoebe. »Wisst ihr«, brüllte sie ihnen hinterher, »für Leute, die sich ihren Lebensunterhalt dadurch verdienen, lustig zu sein, habt ihr ziemlich wenig Sinn für Humor.«

Sie verschwanden hinter einem Wohnwagen. Mist. Vielleicht lag Prue mit ihren Vorstellungen von Clowns doch nicht so falsch.

Phoebe stemmte die Hände in die Hüften. Was sollte sie nun anfangen?

»Bitte, bitte, bitte«, bettelte Jenny.

Piper blies sich die Ponysträhnen aus dem Gesicht. Jenny war heute wirklich anstrengend. Das Mädchen wollte unbedingt zu Ivan – was definitiv nicht auf Pipers Terminplan stand. Genauer gesagt stand ein Besuch bei Ivan ganz oben auf der Liste der verbotenen Dinge. Das Einzige, was Jenny sonst noch einfiel, war, noch einmal zu Olgas Vardo zu gehen.

»Ich habe eine ganz besondere Bitte an sie«, erklärte Jenny. »Es ist wirklich wichtig.«

Piper wäre Olga gleich aus zwei Gründen gern aus dem Weg gegangen. Sollte die Zigeunerin tatsächlich das zweite Gesicht haben, so wollte Piper unter allen Umständen verhindern, dass sie die Hexe in ihr erkannte. Außerdem fürchtete sie, Olga könnte für Jenny tatsächlich einen funktionierenden Zauber veranstalten. Und Piper konnte sich des unangenehmen Gefühls nicht erwehren, dass Jennys Bitte etwas mit einem Liebeszauber zu tun hatte, der Piper und Dan wieder zusammenführen sollte.

Trotzdem wusste sie nicht, wie sie Jenny den Besuch bei Olga wieder ausreden sollte. Nachdem sie Jenny ein Treffen mit Ivan verweigert hatte, hatte sie das Gefühl, das Mädchen irgendwie aufmuntern zu müssen. Und wenn sie sich entscheiden sollte, ob sie lieber Olga oder Ivan aufsuchen wollte, dann wusste Piper nur zu gut, wie die Antwort lautete.

»Also gut, Olga«, verkündete Piper.

Jenny und Piper wühlten sich durch das Gedränge zu Olgas farbenfrohem Vardo. Olga saß an ihrem Kartentisch und fächelte sich mit ihren Karten Luft zu. Ihre buschigen Brauen zogen sich fragend in die Höhe, als sie Jenny und Piper kommen sah. Offensichtlich, so stellte Piper fest, erinnerte sie sich an sie. Oder zumindest an Piper.

»Hi«, rief Jenny strahlend.

»Hallo«, entgegnete Olga. »Wollt ihr noch einmal die Karten befragen?«

»Nein«, sagte Jenny. »Etwas viel Wichtigeres.« Sie warf Piper einen raschen Seitenblick zu. Eine sanfte Röte überzog ihre Wangen, als sie in ihre Tasche griff und eine Hand voll Stoffbänder hervorzog. »Können Sie mir zeigen, wie man magische Liebesknoten knüpft?«

»Du kennst die Liebesgeheimnisse der Zigeuner?«, fragte Olga.

»Ich habe davon gehört«, entgegnete Jenny. »Funktionieren sie wirklich?«

Olga nickte. »Ich habe viele glückliche Paare erlebt, die auf diese Weise zusammengeführt wurden«, sagte sie.

Mir wäre es lieb, Olga würde Jenny nicht auch noch ermutigen, dachte Piper. Diese Sache bringt uns noch alle in ernsthafte Schwierigkeiten.

»Ach, ich wünschte, ich hätte den Roma-Rubin«, seufzte Jenny. »Dann wäre mein Liebeszauber dreimal so mächtig.«

Olga ließ die Karten fallen, die sie in der Hand gehalten hatte. Der Schreck stand ihr förmlich ins Gesicht geschrieben.

»Wie kannst du von solchen Dingen reden?«, wies sie das Mädchen in einem scharfen Flüsterton zurecht.

»Ist der Roma-Rubin ein Geheimnis?«, fragte Jenny, wobei sie Piper, in der Angst, etwas Falsches gesagt zu haben, unsicher anblickte.

»Nur die Zigeuner kennen ihn«, sagte Olga. »Woher weißt du davon?« Sie betrachtete Piper misstrauisch, und diese konnte sich des Gefühls nicht erwehren, dass Olga sie verdächtigte, dieses Zigeunerwissen durch ihre eigenen Hexenkräfte ausspioniert zu haben. Ein Umstand, der sich leicht zu einem Problem entwickeln konnte.

»Ivan hat meiner Schwester von den Mythen der Zigeuner erzählt«, erklärte Piper. Sie wollte, dass Olga den Eindruck bekam, sie würde nicht an den Roma-Rubin glauben. »Und meine Schwester hat uns davon erzählt. Ich habe Jenny schon gesagt, dass sie einen derartigen Unsinn nicht glauben soll.«

»Hast du nicht!«, protestierte Jenny.

»Wer ist Ihre Schwester?«, fragte Olga. »Gehört sie zum Zirkus?«

»Oh, nein«, sagte Piper. »Prue ist Fotografin. Sie arbeitet an einer Story über den Zirkus, und wir haben sie einfach begleitet.«

Das erinnerte sie daran, dass sie mit Phoebe sprechen sollte, um in Erfahrung zu bringen, ob sie inzwischen etwas herausgefunden hatte. »Wir sollten wirklich gehen. Phoebe sucht uns bestimmt schon.«

»Ich dachte, Sie sagten, ihr Name sei Prue«, hakte Olga ein wenig verwundert nach.

»Phoebe ist meine andere Schwester.«

»Sie sind zu dritt«, sagte Jenny. »Ich wette, das bringt Glück, richtig?«

In Pipers Augen hatte Olgas Lächeln etwas Falsches an sich. Natürlich konnte das auch ganz einfach daran liegen, dass sie noch immer aufgebracht war, weil Ivan vor Fremden Zigeunergeheimnisse ausgeplaudert hatte.

»Drei bringt immer Glück«, sagte Olga zu Jenny. Dann sah sie Piper forschenden Blickes in die Augen. »Aber warum beachten Sie meine Warnungen nicht? Habe ich Ihnen nicht gesagt, dass Sie hier in Gefahr sind? Halten Sie sich fern von Ivan. Auf ihm lastet ein dunkles Zeichen, und das bringt Unglück über alle, die ihm nahe kommen.«

9

Jenny starrte Piper aus Augen groß wie Suppentassen an. »Wir müssen Prue warnen!«, stieß sie hervor. Dann wandte sie sich wieder an Olga. »Pipers Schwester ist nämlich in Ivan verknallt«, erklärte sie.

Piper war ziemlich sicher, dass Prue nicht daran interessiert war, ihr Privatleben im Zirkus ausgebreitet zu sehen. »Prue kann gut auf sich selbst aufpassen«, versicherte sie Jenny.

Dann kam ihr ein anderer Gedanke. Was, wenn Ivan versuchte, sie zu erwürgen, weil sie versuchte, Prue vor ihm zu schützen? War überhaupt irgendjemand von ihnen auf dem Zirkusgelände sicher?

Sie beschloss, Olga zu fragen, obwohl sie immer noch nicht sicher war, ob die Zigeunerin tatsächlich hellsehen konnte oder ob sie nur eine gute Schauspielerin war. Zumindest konnte sie ihr bestimmt neue Informationen über Ivan liefern. Und sollte sie wirklich eine Shuvani – eine Zigeunerhexe – sein, dann wären ihre Kräfte genau das Richtige, um Ivan zu besiegen. Andererseits schien Olga Angst vor dem Geigenvirtuosen zu haben. Vielleicht wollte sie da gar nicht reingezogen werden. Dann hätte Piper ihre Deckung völlig umsonst aufgegeben.

Zumindest wollte sie versuchen, Olga ein wenig auszuhorchen, aber wie sollte sie das anstellen, solange Jenny bei ihr war?

Noch ehe Piper einen Entschluss gefasst hatte, stürmte ein kicherndes Teenager-Trio herbei. »Wir wollen etwas über unsere Zukunft erfahren«, verlangte eine hochgeschossene Rothaarige.

»Ich nicht«, erklärte ein Mädchen mit streichholzkurzem Haar. »Ich will nur was von eurer hören.«

»Olga wird sich um euch kümmern«, sagte die Wahrsagerin. »Erst müssen wir den Raum von fremden Energiefeldern befreien.«

Schon verstanden, dachte Piper. Das ist das Zeichen zum Aufbruch.

»Danke für alles«, sagte Piper.

»Aber jetzt weiß ich immer noch nicht, wie man Liebesknoten macht«, sagte Jenny.

»Ich glaube nicht, dass wir die brauchen«, entgegnete Piper.

»Werden wir jetzt Prue vor Ivan warnen?«, fragte Jenny.

»Ich denke nicht, dass das wirklich nötig ist«, erwiderte Piper. »Ich nehme an, Olga hat einfach eine lebhafte Fantasie.« Sie wollte vermeiden, dass Jenny ihr zu viele Fragen über okkulte Vorgänge stellte. Das Thema war ihr einfach zu heikel.

»Und was machen wir dann?«

»Phoebe suchen und in das Zelt gehen«, sagte Piper.

Gemeinsam schlenderten sie zwischen den Buden hindurch und sahen sich nach Phoebe um. Piper hoffte, dass Phoebe bei ihren Nachforschungen mehr Glück gehabt hatte.

Jenny machte einen ziemlich munteren Eindruck, und Piper stellte zufrieden fest, dass sie ihre Meinung, der Zirkus sei nur etwas für Babys, offenbar geändert hatte. Auch ohne den Nachweis, dass Piper nicht oder eben doch die richtige Frau für ihren Onkel Dan war, konnte sie sich plötzlich wieder wie die verspielte Zwölfjährige verhalten, die sie eigentlich war. Jenny probierte unterwegs jedes einzelne Spiel aus, das die Buden zu bieten hatten, und sie aß so ziemlich alle Süßigkeiten, die es zu kaufen gab. Die Gefahr, die direkt am Wegesrand lauerte, war ihr gänzlich unbewusst. Piper hingegen konnte sich die ganze Zeit des Gefühls nicht erwehren, dass sie beobachtet wurden. War ihre Furcht berechtigt, oder bildete sie sich das alles nur ein? Schwer zu sagen, aber die Erfahrung riet ihr, ihrem Dämonensensor zu vertrauen.

»Missy!«, rief eine Stimme. Piper drehte sich um und sah sich Auge in Auge Raphael gegenüberstehen. Glücklicherweise ohne Schlange. Seinen schlechten Atem und den Körpergeruch hatte er allerdings nicht abgelegt.

»Ich habe die ganze Zeit überlegt, wo ich Sie und Ihre junge Freundin hinstecken soll«, sagte Raphael und deutete auf Jenny, die an einer Bude ganz in der Nähe stand. Mit einer Wasserpistole schoss sie in ein Goldfischglas, in der Hoffnung, einen Preis zu gewinnen. »Aber dann ist es mir wieder eingefallen. Sie waren gestern mit meiner süßen Phoebe unterwegs.«

War Raphael die Person, die ihnen gefolgt war und sie beobachtet hatte? Das wäre auf jeden Fall eine Erleichterung, denn Piper war überzeugt, dass sein Interesse an den Halliwells auf ihre jüngere Schwester beschränkt war. Seine Absichten mochten zwar nicht gerade ehrenhaft sein, aber sie waren auch kaum als dämonisch einzustufen.

»Richtig«, sagte Piper. »Sie ist meine Schwester.«

»Das hätte ich mir denken können. Das gute Aussehen liegt wohl in der Familie.« Er ließ ein kurzes Grinsen aufblitzen.

Piper fragte sich, wie es im Zirkus eigentlich normalerweise um die zahnärztliche Versorgung bestellt war, während sie sich große Mühe gab, nicht auf seinen Goldzahn zu starren. Er hätte eine Behandlung beim Dentisten bestimmt gut vertragen können.

Jenny war mit ihren Schießübungen fertig und gesellte sich zu

Piper und Raphael. »Schaut mal, was ich gewonnen habe«, rief sie und hielt einen purpurfarbenen Stofffisch hoch.

»Wie schön für dich!«, sagte Piper.

»Ich habe deiner Freundin gerade erzählt, dass ich auf der Suche nach der schönen Phoebe bin. Irgendwie scheint sie mir entwischt zu sein.«

Piper biss sich auf die Lippe. Das wundert mich weniger, dachte sie.

»Wir suchen sie auch«, sagte Jenny. »Wir haben sie nirgends finden können.«

»Wir werden ihr sagen, dass Sie nach ihr suchen«, fügte Piper hinzu. »Aber jetzt werden wir woanders erwartet.« Sie wollte unbedingt verhindern, dass Raphael ihnen an den Fersen klebte.

»Viel Glück«, rief Jenny. Dann liefen sie und Piper eilig die Straße zwischen den Buden hinunter.

Jenny fing an zu kichern. »Der ist aber ziemlich schwerfällig, nicht wahr? Scheint aber trotzdem nett zu sein.«

»Aber ganz bestimmt nicht Phoebes Typ«, stellte Piper fest.

»Bestimmt nicht«, stimmte Jenny zu. »Ich frage mich, wessen Typ er überhaupt sein könnte.«

Piper schüttelte den Kopf. »Ich weiß nicht«, erwiderte sie grinsend. »Seine Schlange Isabella scheint ihn zu mögen.«

Plötzlich tauchte Phoebe zwischen einem Getränkestand und einer Bude, in der man sein eigenes Gewicht raten sollte, auf. »Da seid ihr ja«, sagte sie, während sie sich hastig umblickte. »Ralphie-Boy ist nicht in der Nähe, oder?«

»Nein, wir haben ihn an der Wasserschießbude stehen lassen«, berichtete Piper.

»Gut. Äh, Jenny, würdest du mir bitte etwas Karamell-Popcorn holen? Ich vergehe bald vor Heißhunger. Ein paar Buden weiter hinten gibt es einen Popcornstand.«

»Sicher! Darf ich auch etwas haben?«

»Natürlich. Du bist eingeladen«, sagte Phoebe. Sie gab Jenny Geld und deutete auf eine der Buden, vor der sich bereits eine lange Schlange gebildet hatte.

»Ich bin gleich wieder da. Willst du auch was, Piper?«, fragte sie.

Piper klopfte sich mit der flachen Hand auf den Bauch. »Noch mehr Süßigkeiten, und meine Zähne fallen aus, und mein Bauch explodiert.«

»Okay.« Jenny rannte zu der Bude und stellte sich an.

»Ich werde es kurz machen«, sagte Phoebe leise. »Ich will nicht, dass Jenny etwas mitkriegt.«

»Dann hast du also etwas herausgefunden?«

»Nicht wirklich. Aber ich glaube, ich weiß, wie wir an Informationen kommen können. Ich habe einen Plan. Wir treffen uns um exakt Viertel vor acht an Ivans Wohnwagen. Pass auf, dass dich niemand sieht.«

»Und was mache ich mit Jenny?«, fragte Piper. »Ich bin schließlich für sie verantwortlich.«

Phoebe zog die Stirn in Falten. »Ich weiß nicht. Denk dir was aus.«

Piper sah, dass Phoebe ihren Blick auf etwas hinter ihrem Rücken gerichtet hatte, wobei ihr Gesicht absolutes Missfallen ausdrückte. »Oh-oh«, sagte Phoebe. »Raphael gesichtet. Ich muss weg. Vergiss nicht, du musst Jenny irgendwie loswerden. Und sei pünktlich!«

Piper sah Phoebe nach, wie sie im Laufschritt in Richtung Jenny davoneilte, die es inzwischen bis zu dem vorderern Ende der Warteschlange geschafft hatte. Jenny bezahlte das Karamell-Popcorn und reichte Phoebe eine Tüte. Kaum im Besitz der heiß ersehnten Süßigkeit, machte sich Phoebe eilends davon.

»War das Phoebe?«, fragte Raphael, nachdem er zu Piper aufgeholt hatte. »Na ja, Pech gehabt. Vielleicht hat Ivans Fluch auf mich abgefärbt. Ich habe einfach kein Glück bei Frauen.«

»Hat Ivans Fluch etwas mit Frauen zu tun?«, hakte Piper nach.

»Was?«, fragte Raphael verwirrt. »Ach, nein, nein. Er hat einfach eine Pechsträhne. Obwohl ich glaube, er ist im Moment unglücklich verliebt. So gesehen ist dann wohl seine Angebetete diejenige, die Pech hat.«

Ehe Piper noch etwas sagen konnte, war Jenny schon wieder da und bot ihr und Raphael von ihrem Popcorn an, was jedoch beide ablehnten.

»Gehen wir jetzt zum Zelt?«, fragte Jenny.

Piper warf einen Blick auf ihre Uhr. »Sicher. Wir sind zwar ein bisschen früh dran, aber vor der Vorstellung gibt es immer noch eine Clown-Show.«

Auf dem Weg zum Zelt fragte sich Piper, wie sie Jenny am besten loswerden konnte und wie Phoebes Plan wohl aussehen mochte.

Phoebe sah erneut auf ihre Uhr. 19:42:12 – zwölf Sekunden später als beim letzten Mal.

Phoebe konnte nur hoffen, dass Ivan tatsächlich so ein Gewohnheitsmensch war, wie seine Kollegen behaupteten. Auf ihrer Flucht vor Raphael war es ihr gelungen, ein paar Artisten, die ihre Wohnwagen in Ivans Nähe abgestellt hatten, über ihn auszufragen. Sie hatten ihr erzählt, dass Ivan seinen Wagen für die Abendvorstellung exakt um 19:45 Uhr verlassen würde, keine Minute früher und keine Minute später. Giorgio, einer der Akrobaten, hatte gemeint, man könne die Uhr nach ihm stellen. Sein Wohnwagen stand gleich neben Ivans, also sollte er es wohl wissen.

Phoebe lugte aus ihrem Versteck zwischen den Büschen neben Ivans Wohnwagen hervor. Hoffentlich ist das kein Fehler, dachte sie. Vielleicht sollte ich Piper lieber nicht in seine Nähe kommen lassen. Sonst sorge ich womöglich noch selbst dafür, dass meine Vision Wirklichkeit wird.

Unmöglich, ermahnte sie sich. Ivan musste schließlich in die Manege. Und sollten alle Stricke reißen, dann konnte Piper ihn immer noch einfrieren. Und wenn ihr das nicht gelänge, nun, dann würde es gefährlich für Piper, aber es wäre auch ein eindeutiger Beweis dafür, dass er nicht menschlich war.

Ganz ruhig, predigte sie sich in Gedanken. Es wird schon alles planmäßig funktionieren. Er wird seinen Wohnwagen verlassen und in die Manege gehen. Alles wird gut.

Dann erblickte sie eine Gestalt, die an den Büschen entlang auf sie zuschlich: Piper. Phoebe sprang auf und winkte sie zu sich. Piper krabbelte neben ihr in das Gebüsch.

»War es schwer, Jenny loszuwerden?«, fragte Phoebe im Flüsterton.

Piper schüttelte den Kopf. »Die Clowns haben ihre Show abgezogen, und ich habe ihr gesagt, ich müsse zur Toilette. Ich habe ihr das Versprechen abgenommen, sich nicht von der Stelle zu rühren, obwohl ich wusste, dass sie das eh nicht tun würde, so fasziniert wie sie die Vorführung verfolgt hat.«

»Das ist gut. Außerdem dürfte ihr dort mitten im Publikum nichts passieren. Schließlich läuft sie nicht allein irgendwo rum.«

»Das hoffe ich.« Piper runzelte die Stirn. »Besonders wohl fühle ich mich allerdings nicht dabei. Wie viel Zeit wird dein Plan in Anspruch nehmen?«

Phoebe machte ein unschlüssiges Gesicht. »Keine Ahnung. Wie lange kannst du wohl wegbleiben, ehe Jenny anfängt, nach dir zu suchen?«

»Ich weiß nicht, ob sie sich überhaupt davon losreißen lässt – besonders, wenn Ivan mit seiner Nummer anfängt. Außerdem habe ich ihr erzählt, ich würde nach einer anständigen Toilette suchen, weil ich keines von diesen mobilen Dingern benutzen will. Sie findet die ebenfalls widerlich, also habe ich wohl eine gute Ausrede gefunden.«

Phoebe nickte. »Das hast du.«

»Also, weihst du mich nun in deinen Plan ein, oder muss ich raten?«

»Schon dabei.« Phoebe erzählte Piper von Ivans zwanghafter Pünktlichkeit. »Sobald Ivan den Wohnwagen verlässt, frierst du ihn so lange ein, bis ich mich hineingeschlichen habe. Wenn ich drin bin, kannst du die Zeit weiterlaufen lassen. Dann wird er die Tür abschließen und fröhlich seiner Wege ziehen.«

»Und wozu soll das gut sein?«, fragte Piper. »Prue hat den Wagen doch schon durchsucht und ist zu keinem Ergebnis gekommen.«

»Ich hoffe, dass ich eine neue Vision provozieren kann, wenn ich Ivans Sachen anfasse«, erklärte Phoebe. »Eine, die uns weiterhilft. Oder uns zumindest einen Hinweis darauf gibt, was mit ihm los ist.«

»Klingt gut«, entgegnete Piper.

»Okay. Aber du musst mir versprechen, dich von Ivan fern zu halten«, mahnte Phoebe. »Ich will nicht riskieren, dass meine Vision sich bewahrheitet.«

»Einverstanden.«

Phoebe war überrascht, dass ihre Schwester sich nicht gegen die Einbruchsgeschichte in ihrem Plan gewehrt hatte. Normalerweise achtete Piper strikt darauf, ihre Magie nie für etwas zum Einsatz zu bringen, das von einem legalen Standpunkt aus auch nur ein Stirnrunzeln hervorrufen könnte. Andererseits war es schließlich Piper, die in ihrer Vision gewürgt wurde, und diese Zukunft wollte ihre Schwester ganz bestimmt nicht erleben. Phoebe nahm an, dass Piper dieses kleine übernatürliche Geheimnis genauso dringend – genauer gesagt, noch dringender – lüften wollte als sie.

»Da ist er«, flüsterte Phoebe und warf einen Blick auf die Uhr. Es war exakt 19:45:00 Uhr.

Piper gestikulierte in Ivans Richtung, und er erstarrte mitten im Gehen.

»Schön. Jetzt wissen wir wenigstens, dass er ein Mensch ist«, stellte Piper fest.

»Du hast mir nicht viel Platz gelassen, mich an ihm vorbeizudrücken«, beklagte sich Phoebe.

»Wie gut, dass du so schlank und sportlich bist«, konterte Piper. »Geh schon. Ich muss zurück zu Jenny.«

»Okie-dokie. Aber lass dich nicht von ihm sehen.«

»Natürlich nicht. Los jetzt.«

Phoebe kreuzte die Finger. »Glück, sei brav, und schick mir eine Vision«, murmelte sie.

Piper kreuzte ebenfalls die Finger und sagte: »Geh, bevor sich seine Erstarrung von selbst wieder löst.«

Phoebe krabbelte aus dem Gebüsch heraus und rannte zu Ivans Wohnwagen. »Lass deine Pfoten von Piper«, knurrte sie dem eingefrorenen Mann zu, ehe sie sich an ihm vorbeischob. »Hmm. Nur gut, dass ich heute Mittag auf die zweite Portion Pommes verzichtet habe«, stellte sie fest. Dann winkte sie Piper noch einmal kurz zu und kletterte in den Wohnwagen. Durch ein Fenster sah sie, wie Ivan plötzlich wieder lebendig wurde.

Rasch zog sie den Kopf ein, um nicht gesehen zu werden. Nur für den Fall, dass er sich unterwegs umsehen würde, verkroch sich Phoebe in dem winzigen Waschraum hinter dem Duschvorhang. Sie wollte nicht, dass er einen Schatten oder irgendeine Bewegung wahrnehmen konnte.

Sie zählte bis hundert, ehe sie nach dem Duschvorhang griff, um aus ihrem Versteck herauszuschlüpfen. Dann erstarrte sie.

Das unverkennbare Geräusch eines Schlüssels, der in einem Schloss gedreht wurde, drang an ihre Ohren.

10

PHOEBE STAND REGLOS in der Dusche. Glücklicherweise konnte sie sich vollständig hinter dem Vorhang verstecken.

Bitte, komm nicht in den Waschraum, flehte sie. Vielleicht gab es einen Schutzzauber, der ihn am Betreten hindern würde. Dann entschloss sie sich, keinen derartigen Versuch zu riskieren. Sollte der Zauber nicht funktionieren, würde sogar ein geflüsterter Spruch vermutlich Ivans Aufmerksamkeit erregen und ihn geradewegs zu ihr führen.

Verzweifelt suchte Phoebe nach einer passenden Ausrede für den Fall, dass Ivan hereinkommen würde, aber ihr wollte einfach nichts einfallen, also kreuzte sie die Finger, um das Glück zu beschwören, und hoffte das Beste.

Sie lauschte angestrengt, und sie hörte, dass er näher kam ... näher ...

Oh, nein! Er kommt direkt in den Waschraum! Sie hörte, wie der Medizinschrank geöffnet wurde und schloss die Augen. Heute klappt aber auch gar nichts. Wenn ich jetzt hoffe, dass er nicht plötzlich beschließt, eine Dusche zu nehmen, wird er vermutlich genau das tun. Irgendwie scheint sich alles gegen mich zu wenden.

Phoebe bemühte sich, so leise wie möglich zu atmen. Sie fürchtete, den Duschvorhang schon durch den leisesten Luftzug zum Rascheln zu bringen, und sie wusste, dass man in dem Spiegel auf dem Medizinschrank ihr Versteck sehen konnte. Sollte sich der Vorhang bewegen, so würde Ivan es bestimmt bemerken.

Sie hörte, wie Ivan sich die Zähne putzte. Kein Wunder, dass sie so perlweiß waren. Vermutlich benutzte er auch Zahnseide. Warum musste der Kerl so sehr auf seine Mundhygiene achten? Endlich war er fertig, spülte nach und spuckte aus. Selbst ein so schöner Mann wie Ivan konnte dem Geräusch des Ausspuckens keinen angenehmeren Klang verleihen, stellte Phoebe insgeheim fest. Dann, zu ihrer großen Erleichterung, verließ Ivan den Wohnwagen ein weiteres Mal.

Hoffentlich bleibt er jetzt eine Weile weg, dachte sie. Ihr war klar, dass er dieses Mal von seinem üblichen Tagesablauf abgewichen war. Vielleicht rüttelte die Pechsträhne an seinen Nerven und riss ihn so aus seiner täglichen Routine.

Als sie sicher war, dass er dieses Mal nicht zurückkommen würde, schlüpfte Phoebe aus der Dusche. Sie ergriff die Zahnbürste, weil sie der letzte Gegenstand war, den er berührt hatte.

Nichts.

Phoebe verließ das Bad und sah sich um. Welcher Gegenstand bot die größte Chance, eine Vision auszulösen? Sie arbeitete immer noch daran, eine Vision willentlich herbeizuführen, was ihr nach wie vor einige Probleme bereitete. Sie strich mit den Fingern über Schärpen, die an einem Kleiderhaken hingen. Sie legte sich sogar in Ivans Bett und breitete die Arme weit aus, ehe sie sich auf das Bett kniete und sein Kissen auf ihren Schoß presste.

Nichts.

Nervös begann Phoebe, in dem Wagen auf- und abzulaufen. Sie wusste nicht, wie lange sie es riskieren durfte, sich in dem Wohnwagen aufzuhalten. Was, wenn jemand auf die Bewegungen im Inneren aufmerksam wurde? Glücklicherweise hatte Ivan ein paar Lampen angelassen, so dass sie nicht im Dunkeln umherstolpern musste. Andererseits mochte ihre Silhouette von draußen zu sehen sein, also musste sie sich beeilen.

Fotografien - nichts. Bücher - nichts. Schuhe - nichts. Nichts, nichts, nichts!

Es war einfach frustrierend. Phoebe ergriff eine Haarbürste, die auf der Kommode lag, und schlug sie gegen ihre Handfläche.

In der nächsten Sekunde befand sie sich inmitten eines Flammenmeers.

Die Hitze war unerträglich. Rotgoldene Flammen loderten um sie herum und versengten ihr Fleisch. Sie glaubte zu riechen, wie ihr Haar verbrannte. Voller Entsetzen warf sie die Hände hoch und kauerte sich auf den Boden. Die Bürste landete nur wenige Schritte von ihr entfernt.

Die Zweige kratzen, dachte Piper, während sie im Gebüsch hockte, Ivans Wohnwagen im Auge behielt und sich fragte, wie Phoebe vorankommen mochte.

Irgendwie schien es wenig wahrscheinlich, dass gerade Prue sich in einen Dämon verlieben sollte. Das passte viel eher zu ihr, wie sie reumütig feststellte. Sie war diejenige mit dem lausigen Gespür.

Nicht, dass sie ohne die Dämonen viel besser dagestanden hätte. In der Dan-und-Leo-Geschichte hatte sie nicht gerade geglänzt. Sie hatte wahrhaftig alles getan, um niemandem wehzutun, und natürlich hatten alle leiden müssen - wenigstens ein bisschen.

Sogar Jenny war durch die Trennung in Mitleidenschaft gezogen worden. Ein Punkt, den sie bisher noch nicht in der Rubrik »menschliche Enttäuschungen« eingetragen hatte. Andererseits gab es nichts, was sie dagegen hätte tun können. Einer Zwölfjährigen einen Gefallen zu tun, entsprach nicht unbedingt ihrer Vorstellung von einer akzeptablen Basis für eine Beziehung.

Unruhig verlagerte Piper ihr Gewicht. Sie wollte Jenny nicht zu lange allein lassen. Immerhin trug sie die Verantwortung für das Mädchen, und es war durchaus möglich, dass sich ein Dämon in der Umgebung herumtrieb. Sie wusste, dass Jenny ihren Platz nicht verlassen würde – dazu war sie viel zu sehr von der Vorstellung gefangen. Und unter all den Menschen sollte ihr eigentlich nichts zustoßen können. Dennoch ...

Aber Piper konnte auch Phoebe nicht schutzlos zurücklassen, obwohl sie natürlich wieder einmal vergessen hatten, ein Signal zu vereinbaren, für den Fall, dass irgendjemand sich dem Wohnwagen nähern sollte. Piper würde nichts anderes übrig bleiben, als denjenigen einzufrieren, sich Phoebe zu schnappen und sich so schnell wie möglich aus dem Staub zu machen.

Von ihrem Versteck aus konnte Piper etliche Artisten auf ihrem Weg zum Zirkuszelt beobachten. Kaboodle und Masha gingen Händchen haltend wie Teenager an ihr vorbei.

»Kommt nur, meine Süßen«, rief eine schrille Stimme. Eine dicke Frau in einem Wust bunter Petticoats und einem engen Oberteil, das an eine Korsage erinnerte, trippelte den Weg entlang. Ihr folgten fünf kleine Hunde in entsprechenden Röckchen. Piper kannte die Frau aus der Vorstellung am vergangenen Abend: Mitzi und ihre dressierten Pudel.

Oh-oh. Einer der Hunde brach aus dem Rudel aus und lief direkt auf Piper zu. Das kleine Biest schnüffelte an dem Gebüsch, gleich neben ihren Zehen. Ich hätte diese Sandalen nicht anziehen sollen, rügte Piper sich im Stillen. Wenn dieser kleine Hund anfängt, mir die Füße zu lecken, werde ich mich bestimmt nicht zusammenreißen können. Wahrscheinlich fange ich sofort an zu kichern.

»Snookums«, rief Mitzi. »Was machst du denn da? Wir müssen doch in die Manege.«

Snookums scharrte immer noch neben Piper im Gebüsch herum. Und nun verfing sich auch noch der mit Volants besetzte Petticoat in den Zweigen. Jaulend versuchte der Hund, sich zu befreien.

»Oooh, Snookums, du darfst doch dein Kleid nicht zerreißen!« Mitzi eilte herbei, um ihrem Pudel zu helfen. Piper wollte gerade die

Hände heben, um Mitzi einzufrieren, ehe die Frau sie entdecken konnte, aber sie war einfach nicht schnell genug. Das, so stellte sie erbost fest, würde sie wohl lehren, nicht erst lange zu überlegen, ob sie ihre Kräfte einsetzen sollte. Beim nächsten Mal würde sie es einfach tun.

Mitzis Augen weiteten sich, als sie geradewegs in Pipers Gesicht stierte. »Warum verstecken Sie sich hier im Gebüsch?«, verlangte sie zu erfahren.

»Äh, ich, äh …« Piper suchte verzweifelt nach einer guten Ausrede. Ganz bestimmt würde sie Mitzi nicht erzählen, dass sie für Phoebe Schmiere stand.

Mitzi brach in schallendes Gelächter aus. Sie bückte sich und befreite ihren Hund. Dann richtete sie sich wieder auf. Den Hund hielt sie wie ein Baby in den Armen. »Ich verstehe, ein neues Ivan-Groupie.«

»Was?« Piper starrte Mitzi aus großen Augen an.

Snookums leckte an Mitzis Doppelkinn. »Ich sage es Ihnen nur ungern, Schätzchen, aber Ivan hält nichts von Mädchen, die sich ihm an den Hals werfen. Und, unter uns gesagt, Sie sollten sich hier draußen nicht von Miranda erwischen lassen. Kommen Sie, stehen Sie auf.«

Piper krabbelte aus dem Gebüsch. »Miranda?«, wiederholte sie fragend.

»Ja, Miranda«, sagte Mitzi in vertraulichem Ton. »Sie kann sich wie ein echter Dämon aufführen, wenn sie eifersüchtig ist. Aus Groupies wie Ihnen macht sie Hackfleisch.«

Piper errötete. Es gefiel ihr überhaupt nicht, dass Mitzi dachte, sie wollte sich Ivan an den Hals werfen. Aber weitaus schlimmer wäre, wenn sie erführe, warum Piper tatsächlich in den Büschen kauerte – dass sie eine herumschnüffelnde Hexe war!

»So, jetzt aber fort mit Ihnen«, mahnte Mitzi und stellte sich breitbeinig zwischen Piper und Ivans Wohnwagen auf. Offensichtlich war sie entschlossen, erst dann von der Stelle zu weichen, wenn sie sicher war, dass Piper aufgegeben hatte.

»Okay«, sagte Piper zögernd. Anscheinend blieb ihr keine andere Möglichkeit, als Phoebe allein in dem Wohnwagen zurückzulassen.

»Na los, ziehen Sie Leine!«, herrschte Mitzi sie an. »Oder wollen Sie, dass ich meine Hunde auf Sie hetze?«

Piper musste ein Lachen unterdrücken, als sie die Pudel in ihren Petticoats betrachtete. Sie sahen aus, als könnten sie sich nicht einmal gegen eine Jungkatze zur Wehr setzen, trotzdem widersprach sie nicht.

»Bin schon weg«, sagte Piper, wirbelte auf dem Absatz herum und lief in Richtung Zelt davon. Immerhin sollte sie sowieso nach Jenny sehen, und Phoebe dürfte ihre Kräfte nicht brauchen, um den Wagen wieder zu verlassen. Sie warf einen Blick auf die Uhr: 20.05. Ivan bereitete genau jetzt im Zelt seinen Auftritt vor. Phoebe sollte also in Sicherheit sein.

Phoebe lag um Atem ringend auf dem Boden von Ivans Wohnwagen und hustete krampfhaft. Was für eine Vision!, dachte Phoebe. Das war beinahe, als würde mir wirklich so etwas zustoßen – als wäre diese Vision eine Warnung für mich.

Phoebe schauderte. Was für ein entsetzlicher Gedanke.

Langsam setzte sie sich auf und lehnte sich mit dem Rücken an Ivans Bett. Vielleicht waren Visionen, die sie bewusst herbeiführte, einfach machtvoller. Das gehörte zu den Dingen, die sie noch lernen musste.

Okay, was sagt mir diese Vision?, überlegte sie, doch da war nicht viel. Durch die Flammen und die extreme Hitze hatte sie niemanden sehen können. Sie erhob sich und wartete, bis das Schwindelgefühl nachließ. Oh, Mann, wie lange war ich denn bloß weg?, fragte sie sich. Ihr Herz raste vor Furcht – was, wenn sie die ganze Zeit während Ivans Auftritt dort auf dem Boden zugebracht hatte?

Sie sah zur Uhr und fühlte, wie sich Erleichterung in ihr breit machte. Erst 20.10 Uhr, ihr blieb immer noch mehr als genug Zeit. Aber sie wollte die Gefahr nicht herausfordern. Außerdem glaubte sie nicht, dass sie noch eine weitere Vision provozieren konnte.

Sie drehte sich zur Tür um, und ihre Augen weiteten sich. Der Knopf bewegte sich.

Die Tür sprang auf – und herein trat Ivan.

11

»WAS HABEN SIE DENN HIER zu suchen?«, verlangte Ivan zu erfahren. Phoebe konnte Misstrauen und Zorn in seinen Augen funkeln sehen.

»Sollten Sie nicht auf der Bühne sein«, konterte Phoebe sogleich. Wahrscheinlich, so hatte sie sich überlegt, war Angriff die beste Verteidigung.

Auch wenn das nicht immer funktionierte.

»Mein Auftritt ist der letzte, wussten Sie das nicht?«, entgegnete er mit zusammengekniffenen Augen. »Und jetzt beantworten Sie meine Frage. Was haben Sie in meinem Wohnwagen zu suchen?«

»Na ja, äh, die Tür war offen, und ich habe meine Schwester gesucht«, sagte Phoebe. Mist. Das würde ich nicht einmal selbst glauben. Ich muss dringend an meiner Überzeugungskraft arbeiten, tadelte sie sich im Stillen.

»Und wer ist Ihre Schwester?« Er verschränkte die Arme vor der Brust. »Wie kommen Sie darauf, dass sie in meinem Wohnwagen sein sollte?«

»Prue Halliwell«, sagte Phoebe. »Die Fotografin von *415*.«

Er zuckte mit keiner Wimper. Sollte Ivan ebenso auf Prue stehen wie diese auf ihn, dann hätte er bei der Erwähnung ihres Namens doch eigentlich wenigstens ein bisschen auftauen müssen. Zumindest eine kleine Spur von Wohlwollen hätte in diesen großen braunen Augen aufflackern sollen.

Da die Erwähnung von Prue nicht die gewünschte Wirkung gezeigt hatte, versuchte sie es auf eine andere Weise.

»Ich bin ein großer Fan von Ihnen«, gurrte Phoebe. Schmeicheleien konnten Männer normalerweise nur schwer widerstehen.

Dieser schon. Er verzog keine Miene, und die Kälte in seinen Augen ließ nicht im Mindesten nach. »Verschwinden Sie einfach. Ich bin in Eile. Ich habe einen Auftritt vor mir, falls Sie sich erinnern. Und ich habe keine Zeit, mich mit Ihnen herumzuschlagen.«

»Schön, bin schon weg.« Phoebe ging zur Tür.

»Es wäre besser für Sie, wenn ich nichts vermisse«, brüllte er, als er die Tür hinter ihr ins Schloss donnerte.

Was fand Prue nur an dem Kerl, fragte sich Phoebe. Sicher, er sah ziemlich gut aus, aber da war keine Spur von Wärme, kein Sex-Appeal. Alles, was sie in seinem Gesicht gesehen hatte, waren Härte und Zorn gewesen. Er roch förmlich nach Bösartigkeit. Und das sollte der Kerl sein, der Prue den Kopf verdreht hatte? Sie konnte es nicht fassen.

Jetzt fällt es mir leichter, ihn als den Mann zu erkennen, der Piper in meiner Vision gewürgt hat, dachte sie. Im Grunde kann ich froh sein, dass er die Erscheinung nicht umgeschrieben und *mich* auf der Stelle erwürgt hat. Aber was hat es mit dieser süßen, sanften Seele auf sich, von der Prue so eingenommen ist? An dem Mann ist absolut nichts Anziehendes.

Wie vom Donner gerührt blieb Phoebe plötzlich stehen. »Ich hab's«, murmelte sie. Ivan musste Prue verhext haben. Vielleicht hatte er ihrer Schwester ein Liebesamulett angedreht oder ihr einen Zaubertrank eingeflößt.

Sie ging weiter, nun jedoch schneller. Sie mussten das *Buch der Schatten* noch einmal konsultieren. Er war ein Zigeuner, also lag es nahe, dass er sich eines Zigeunerzaubers bedient hatte. Phoebe fragte sich, ob das Buch sich auch mit anderen magischen Traditionen als ihrer eigenen befasste. Sie konnte nur hoffen, dass sie auch ein Kapitel über Zigeunermagie finden würde. Pipers Leben – und vielleicht auch das von Prue – konnte davon abhängen.

Hinter der Manege ging Prue entnervt auf und ab und versuchte, Kristins Geplapper zu ignorieren. Nicht nur, dass sie sich Kristins endlosen Monolog gefallen lassen musste, sie hatte auch noch den größten Teil des Tages damit zugebracht, Clowns zu fotografieren. Offenbar hatte Kristin ein ganz besonderes Faible für sie.

»Ich finde es interessant, dass keiner der Clowns uns erlaubt hat, ihn ohne Make-up zu fotografieren«, sagte Kristin. »Obwohl das, soweit ich weiß, ganz normal sein soll. Bei meinen Nachforschungen habe ich herausgefunden, dass es tatsächlich Clowns gegeben hat, die ihr Gesicht ungeschminkt nicht einmal den Leuten in ihrem eigenen Zirkus gezeigt haben.« Kristin kicherte. »Aber eigentlich sollte ich das gut verstehen können. Ich lasse mich ungeschminkt vor niemandem sehen.«

»Oh-oh«, murmelte Prue, während sie mit den Fingern über das Teleobjektiv strich und überlegte, wie sie zu einer deutlichen Aufnahme von der Rückseite von Ivans Violine kommen konnte. In der Garderobe war es ihr gelungen, einige Fotos von den Schnitzereien auf dem Bogen zu machen, während Ivan sich auf seinen Auftritt vorbereitet hatte. Aber auf dem Gebiet der Magie konnten unvollständige Informationen furchtbar gefährlich werden, und darum musste sie alles wissen, wenn sie verhindern wollte, dass sich die Dinge in Furcht erregender Weise weiterentwickelten. Vielleicht konnte sie im *Buch der Schatten* etwas über die Schnitzereien herausfinden, aber ohne die Symbole auf der Rückseite der Violine bliebe die genaue Bedeutung immer noch verschleiert. In einem magischen System spielten alle Elemente zusammen, also musste man es Stück für Stück entwirren, ohne dabei die kleinste Kleinigkeit zu übersehen. Wenn man bei einem Zauberbann nur ein einziges Element veränderte, so konnte das dramatische Folgen haben. Sie ging davon aus, dass die Schnitzereien auf dem Bogen mit den Symbolen auf dem Instrument in Zusammenhang standen, also musste sie wissen, wie sie aussahen.

»Sieh dir das an«, sagte Kristin. Prue warf einen Blick in die Manege, wo die Clowns sich gegenseitig jagten. Prue verstand nicht, was Kristin daran so besonders fand.

»Der Auftritt ist heute anders«, bemerkte Kristin. »Statt sechs Clowns sind es nur fünf. Ich frage mich, warum.« Sie verfolgte die Nummer noch einen Moment länger, ehe sie anfing, sich eifrig Notizen zu machen. »Oh, das ist eine gute Frage. Ändern sie den Auftritt jeden Abend, um das Ganze lebendiger zu gestalten? Oder wurde jemand verletzt? Wie gleichen sie einen fehlenden Artisten aus? Wie viel von der Nummer ist Improvisation?«

Das war ein Tick von Kristin, und er trieb Prue beinahe in den Wahnsinn. Sie schoss all diese Fragen auf Prue ab, als müsse sie auf alles eine Antwort wissen. Sie hatte volle zwei Tage gebraucht, das Gefühl der Verlegenheit abzulegen und aufzuhören, sich den Kopf nach einer passenden Antwort zu zermartern. Erst dann hatte sie herausgefunden, dass sie nichts weiter tun musste als nicken.

Überhaupt, all diese Fragen – als wäre die Aufdeckung der Geheimnisse um diese Clownnummer der Schlüssel zum Weltfrieden oder so was in der Art. Die Arbeit mit Kaboodle und Masha hatte Spaß gemacht, wie sie zugeben musste. Die beiden waren nett und amüsant. Aber die übrigen Clowns verschwammen für Prue zu einer einzigen rotnasigen Masse. Es gab so furchtbar viele von ihnen. Und die meisten schienen zu glauben, dass die Show begann, sobald sie ihr Make-up aufgetragen hatten, ob sie nun in der Manege waren oder nicht. Sie hörten einfach nie auf, na ja, herumzuclownen. Wie war beispielsweise dieser blöde Clown am Nachmittag auf den Gedanken gekommen, sie mit Wasser zu bespritzen wäre lustig? Warum sollte irgend jemand diese Art Humor als lustig empfinden?

Während sie zusah, wie die Clowns ihre Nummer vorführten, stellte Prue fest, dass ihr Auftritt dieses Mal länger zu dauern schien. Oder lag das nur daran, dass sie ihn so langweilig fand? Nein, stellte sie mit einem Blick zur Uhr fest. Er dauerte tatsächlich länger.

Prue wusste, dass die Clowns im Zirkus mehr als nur einen Zweck zu erfüllen hatten. Nicht nur, dass ihr Auftritt das Publikum unterhalten sollte, sie wurden auch oft eingesetzt, um Pannen auszubügeln – wenn beispielsweise ein Tier seinem Dompteur nicht gehorchte, wenn es Probleme mit den Requisiten oder sonstige Verzögerungen gab. Vielleicht steckte auch hinter diesem verlängerten Auftritt irgendein Problem. Prue fragte sich, ob Ivan der Grund für die Verzögerung war. Sein Auftritt stand als Nächstes auf dem Programm.

Sie blickte zur Zuschauertribüne hinauf und war erleichtert, Piper an ihrem Platz zu sehen. Wieder ein Tag, an dem Phoebes Vision nicht wahr geworden war. Allerdings lag die Nacht noch vor ihnen, wie Prue sich im Stillen ermahnte. Wieder betastete sie das Teleobjektiv. Sie war fest entschlossen, dieser Sache auf den Grund zu gehen. Sie musste ihre Schwester beschützen. Und sie wollte die Wahrheit über Ivan herausfinden. Sie konnte einfach nicht glauben, dass Phoebe Recht hatte, aber sie brauchte handfeste Beweise, um ihre jüngere Schwester zu widerlegen.

»Entschuldigung«, sagte eine hochmütige Stimme, und Prue wandte sich um, um festzustellen, wer sich dieses frostigen Tonfalls bedient hatte.

Miranda Merrill, die Hochseilartistin, stolzierte bösen Blickes an Prue vorüber. »Für Außenstehende ist es gefährlich, sich hinter der Manege aufzuhalten«, schnappte Miranda. »Stehen Sie mir nicht im Weg rum!«

»Tut mir Leid«, entschuldigte sich Prue und machte einen großen Bogen um die Frau.

»Ich weiß wirklich nicht, was sich Mr. Amalfi dabei gedacht hat«, murrte Miranda. Dann stellte sie sich am Rand der Manege auf. Offensichtlich war sie gekommen, um sich Ivans Auftritt anzusehen. Oder, um ihn im Auge zu behalten.

Prue musterte die Frau verstohlen. Auf dem Hochseil war sie wirklich atemberaubend. Sie verfügte über die Anmut einer Ballerina und die Haltung einer Königin. Ohne Zweifel beherrschte sie die gefährliche Kunst des Seiltanzes wie kaum ein anderer. Zu schade, dass sie am Boden so eine Zicke war.

»Was ist zwischen dir und Miranda?«, fragte Kristin flüsternd.

Prue war nicht sicher, ob Kristin sie als Journalistin fragte, immer auf der Suche nach brauchbaren Themen, oder als Klatschbase auf der Suche nach schmutziger Wäsche.

»Nur ein Missverständnis«, versicherte Prue, überzeugt, dass dies die unverfänglichste Antwort war. »Warum glaubst du, verzögert sich Ivans Auftritt?«, fragte sie dann, darum bemüht, das Thema zu wechseln. Dann überlegte sie, ob Miranda ihn möglicherweise aufgehalten hatte.

Kristin zuckte die Schultern. »Ich werde ihn später fragen.« Sie bedachte Prue mit einem listigen Blick. »Oder du machst das. Du scheinst dich ja ganz gut mit dem schönen Zigeuner zu verstehen.«

Nun war es an Prue, die Schultern zu zucken. Sie wollte weder Kristin Grund zu Spekulationen liefern, noch Mirandas Wut weiter anfachen. So oder so schoss Miranda immer wieder feindselige Blicke in ihre Richtung ab. Dann veränderte sich ihre Miene plötzlich. Prue drehte den Kopf, um zu sehen, auf wen Miranda ihren Blick gerichtet hatte.

Große Überraschung. Ivan hatte eiligen Schrittes die Garderobe verlassen. Er stolzierte geradewegs auf Miranda zu und wechselte einige geflüsterte Worte mit ihr. Ihrer Körpersprache nach, waren beide ziemlich angespannt. Prue fragte sich, worüber sie sprechen mochten. Sie hoffte von Herzen, dass es nicht um sie ging! Und sie hoffte, dass sich die Anspannung nicht auf Ivans Vorstellung auswirken würde. Tiere waren sehr empfindsam; sie fühlten es, wenn ein Mensch unruhig oder besorgt war. Sollten Tiger, Löwen oder Bären spüren, dass Ivan nicht bei der Sache war, konnte er schnell in tödliche Gefahr geraten.

»Meine Damen und Herren«, rief der Zirkusdirektor mit dröhnender Stimme. »Wir präsentieren Ihnen nun Ivan, den Zigeunerfiedler.«

Ivan entfernte sich ein paar Schritte von Miranda und schloss die Augen. Als das Licht wechselte, atmete er einmal tief durch, ehe er die Violine an seine Schulter legte und den Bogen hob. Hoch erhobenen Hauptes ließ er den ersten traurig-schönen Ton erklingen und betrat die Manege.

Prue nahm ihre Position ein, den Blick starr auf das Instrument gerichtet. Sie wollte sich nicht durch Ivans Charisma davon ablenken lassen, Fotos von der Rückseite seiner Violine zu machen. Langsam führte sie die Kamera an ihr Auge. »Diese Symbole erzählen eine Geschichte, Ivan«, murmelte sie. »Und ich muss wissen, ob diese Geschichte eine Tragödie ist.«

12

Prue hockte auf den Knien neben ihrer Fototasche. Sie war ziemlich sicher, dass es ihr gelungen war, wenigstens ein deutliches Bild von den Symbolen auf der Violine zu schießen. Um sie herum herrschte reges Treiben. Die Vorstellung war vorbei, aber das Gedränge in der Manege hatte nur noch zugenommen, während Monteure, Arbeiter und Künstler begannen, die Requisiten einzusammeln. Kinder stürmten herbei, um mit den Clowns zu reden, Männer bellten in Sprechfunkgeräte. Überall war eine Menge los.

Ivan hatte sich nach seinem Auftritt gleich zurückgezogen. Ebenso Miranda. Ivan hatte Prue erzählt, er würde sich immer vergewissern, dass seine Tiere gut versorgt seien, ehe er zurückkam, um seinen Platz in der Garderobe aufzuräumen. Ging Miranda ihm dabei zur Hand? Oder war heute Abend irgendetwas Besonderes los? Auf jeden Fall ging zwischen den beiden irgendetwas vor. Waren sie etwa ein Paar und stritten sich gerade? War Miranda Ivans Flirterei mit Prue ein Dorn im Auge? Trotz all dem Gerede über Ivan hatte kein einziger Artist ihn als Frauenheld bezichtigt oder eine Beziehung zwischen ihm und Miranda erwähnt. Und einige von ihnen hatten sich immerhin ziemlich mitteilsam gezeigt, wenn es um amouröse Gerüchte über andere Künstler ging! Alle hatten von seiner Pechsträhne gesprochen, einige hatten sogar konkrete Beispiele genannt, und manche schienen ihm wegen seines Pechs geradezu feindselig gegenüberzustehen. Sollte zwischen Ivan und Miranda etwas laufen, bei dem man sie als störend empfinden könnte, so war Prue überzeugt, sie hätte davon erfahren müssen.

»Schön, dass Sie noch hier sind«, sagte eine tiefe, klangvolle Stimme. Prue sah auf und blickte direkt in Ivans mandelförmige Augen. Sie fühlte, wie ihre Knie plötzlich weich wurden.

»Die Vorstellung war wieder wunderbar«, sagte sie, und das stimmte auch. Welches Problem Miranda und Ivan auch gehabt haben mochten, als er zu spielen begonnen hatte, war er wie verwandelt gewesen. Und das Publikum ebenfalls. Die Stille, die sich über die Sitzreihen gesenkt hatte, als Ivans Musik erklungen war und die wilden Tiere in Schmusekatzen und Teddybären verwandelt hatte, war ihr nicht entgangen.

Ivan lächelte schüchtern, und zwei überaus niedliche Grübchen wurden sichtbar. »Freut mich, dass es Ihnen gefallen hat. Aber eigentlich wollte ich Sie etwas fragen.«

Prues Herz tat einen Sprung, als sie sich aufrichtete. »Ja?«

»Ich hatte überlegt, ob Sie vielleicht Lust hätten, mich als mein Gast auf eine Party der Artisten zu begleiten. Kaboodle feiert seinen Geburtstag.«

»Das würde mir sehr gefallen.« Na ja, weniger die Sache mit dem Clown-Geburtstag als vielmehr die Möglichkeit, ein wenig mehr Zeit mit Ivan zu verbringen.

Ivans Lächeln wurde breiter. »Schön. Wie wäre es, wenn wir uns gegen Mitternacht an meinem Wohnwagen treffen?«

»Ist das nicht ziemlich spät?«, fragte Prue, während sie überlegte, was sie in den nächsten Stunden mit sich anfangen sollte.

»Ich habe erst noch etwas anderes zu erledigen«, erklärte Ivan. »Und ohne mich als Eskorte werden die Künstler Ihnen nicht gestatten, an dem Fest teilzunehmen. Das ist eine reine Insiderveranstaltung.«

Prue nickte. »Ich verstehe. Also Mitternacht.«

»Prue«, rief eine weibliche Stimme in unnachgiebigem Ton. Prue sah sich um und erblickte Piper, Phoebe und Jenny ganz in der Nähe.

Phoebe war diejenige, die sie gerufen hatte. Sie hatte die Arme vor der Brust verschränkt und musterte Ivan mit einem misstrauischen Blick.

»Nur eine Minute«, antwortete Prue.

»Ich werde Sie Ihren Schwester überlassen«, sagte Ivan. »Jedenfalls bis Mitternacht.«

»Bis Mitternacht.«

Ivan verschwand im Gedränge hinter der Manege.

»Habe ich richtig gehört?«, fragte Kristin. »Hat er dich gebeten, ihn zu einer Party zu begleiten?«

»Ja.« Prue schloss ihre Fototasche.

Kristin schlug ihr auf die Schulter. »Du hast ein Glück! Ich bin ja so neidisch auf dich!«

»Es ist nur eine Party«, sagte Prue. Sie fragte sich, ob Kristin ihrerseits ein Auge auf einen der Künstler geworfen hatte. Wenn, dann konnte es nur ein Clown sein, dachte sie.

»Aber es ist eine Insiderveranstaltung«, quiekte Kristin verzückt. »Das ist etwas ganz Besonderes – teilzunehmen, an ihrem richtigen Leben. Ich wünschte, ich könnte dahingehen. Na ja, dann musst du mir wohl Augen und Ohren ersetzen. Mach dir Notizen, schieß ein paar Bilder, wenn sie dich lassen!«

»Ich werde mich bemühen«, versprach Prue nicht sonderlich begeistert.

Kristin hüpfte davon, um mit Mr. Amalfi zu sprechen, und Prue ging zu ihren Schwestern.

»Und? Können wir gehen?«, fragte Piper.

»Na ja, eigentlich wollte ich noch eine Weile hier bleiben.«

»Wie lang ist eine Weile?«, erkundigte sich Phoebe. »Und warum?«

»Ivan hat mich zu einer Party eingeladen, und ich habe zugesagt.« Prue wich den Blicken ihrer Schwestern aus. Sie wusste, sie waren tödlich.

»Das darfst du nicht!«, rief Jenny. »Olga sagt, Ivan bringt allen Pech, die ihn mögen.«

Komplizierte Situation, dachte Prue. Wie kann ich Jenny sagen, sie soll nicht an so etwas glauben, wenn ich doch selbst eine Hexe bin?

Sie versuchte es mit Lachen. »Ich kann schon auf mich aufpassen«, belehrte sie Jenny.

»Kannst du das wirklich?«, fragte Piper. »Du bist irgendwie persönlich betroffen, und so was kann schnell das Urteilsvermögen trüben.«

»Ich verstehe einfach nicht, was du an dem Kerl findest«, erklärte Phoebe. »Okay, seine Nummer ist gut, aber davon abgesehen kommen mir seine Qualitäten in jeder Hinsicht ziemlich fragwürdig vor.«

»Ich ... ich kann es nicht erklären«, sagte Prue wahrheitsgemäß. Irgendwie war Ivan etwas Besonderes.

»Ich schon. Ich schätze, ich habe herausgefunden, was ...« Phoebe starrte Piper wütend an, als jene ihren Arm mit festem Griff umklammerte. »Was?«

»Ich glaube nicht, dass wir diese Sache hier und jetzt vertiefen sollten.«

Phoebes Blick fiel auf Jenny, die glücklicherweise damit beschäftigt war, zu beobachten, wie Mitzi ihre dressierten Pudel zusammentrieb. »Okay«, sagte sie leise. »Aber sei vorsichtig. Piper und ich werden währenddessen einige Nachforschungen anstellen.«

»Ich muss Jenny nach Hause bringen. Sie sollte längst im Bett sein«, sagte Piper. »Sei vorsichtig.«

»Versprochen.« Prue sah ihren Schwestern nach, wie sie gemeinsam mit Jenny das Zelt verließen. Etwa eine Stunde würde sie bis zu ihrem Treffen mit Ivan noch totschlagen müssen. Wahrscheinlich war es das Beste, wenn sie sich einfach bemühte, niemandem im Wege zu stehen. Sie schnappte sich ihre Tasche und bahnte sich vorsichtig einen Weg durch das Gewühl um sie herum.

Schließlich hatte sie die Zuschauertribüne erreicht und ließ sich auf einen Platz in der zweiten Reihe fallen. Eine Putzkolonne war damit beschäftigt, die Manege und das Zelt für die Vorführungen am nächsten Tag vorzubereiten.

Nicht weit von ihr entfernt saß ein Mann, der sich Notizen machte und in das Mikrofon an seinem Kopfhörer sprach. »Wir brauchen noch blaue Filter, die beiden auf der linken Seite sind verbrannt. Außerdem kommt der Einsatz beim Auftritt des Schlangenmenschen zu früh. Und die Band muss sich ganz und gar auf Miranda einspielen und sie bei ihrer Nummer unterstützen. Die Flöte zum Beispiel sollte ihren Armbewegungen folgen.«

Beeindruckt stellte Prue fest, dass offenbar jeden Abend eine Bestandsaufnahme stattfand, um sicherzustellen, dass die hohen qualitativen Ansprüche erfüllt wurden, obwohl die Show sehr erfolgreich lief.

»Was war mit den Clowns los? Wer hat sich verspätet? Gut, dann findet es heraus«, sagte der Mann unerbittlich.

Also hatte es eine Panne gegeben, dachte Prue. Erneut staunte sie über die Professionalität der Clowns – nach ihrem Empfinden ein Widerspruch in sich. Niemand im Publikum hatte bemerkt, dass etwas schief gegangen war. Und trotz des geänderten Ablaufs war der Auftritt genauso unterhaltsam gewesen wie am Abend zuvor.

Ein scheußlicher Geruch stieg in Prues Nase: eine Mischung aus Schweiß, Zigaretten und etwas Undefinierbarem.

»Was mache ich nur falsch?« Raphael, der Schlangenbeschwörer, stützte sich auf die Lehne des Stuhls neben Prue. Er saß eine Reihe hinter ihr. Der undefinierbare Geruch war demnach wohl Eau de Reptil, wie Prue im Stillen feststellte.

»Ich brauche dringend einen Rat«, fuhr Raphael fort. »Ich habe jede normalerweise todsichere Anmachmethode versucht, um die Aufmerksamkeit Ihrer Schwester Phoebe zu erringen, aber offenbar hat das alles nicht funktioniert.«

Prue biss sich auf die Lippe, um nicht laut loszulachen. Sie hatte Raphael in Aktion erlebt, und in ihren Augen hatten seine Versuche, Phoebe zu umgarnen, wenig mit todsicheren Methoden gemein. Jedenfalls glaubte Prue nicht, dass man einem Mädchen das Herz brechen konnte, indem man es mit einer Boa Konstriktor verfolgte. Sollte jedoch eine der Halliwells auf diese Weise zu beeindrucken sein, so wäre es zweifellos Phoebe, wie Prue sich eingestehen musste.

»Ich habe noch nie ein so hübsches, süßes Ding wie Phoebe getroffen. Und Isabella, meine Schlange, scheint ganz meiner Meinung zu sein. Sie hat sich von ihr streicheln lassen, ohne im Mindesten nervös zu reagieren. Habe ich meinen Charme verloren? Sehe ich nicht mehr so gut aus wie früher?«

Prue studierte Raphaels verwachsenes Gesicht samt fehlenden Zähnen und Tätowierungen am Hals. Der Mann wirkte so aufrichtig hilflos und verzweifelt, dass sie beschloss, ihm die Wahrheit so schonend wie möglich beizubringen.

»Es liegt nicht an Ihnen«, tröstete sie ihm. »Phoebe ist einfach nicht an einer Beziehung interessiert. Besonders nicht zu einem Mann, der bald die Stadt verlassen wird.«

Raphael rieb sich das stoppelige Kinn. »Wissen Sie, da könnten Sie tatsächlich Recht haben. Nicht jede Frau kann sich mit dem Zirkusleben anfreunden. Was wäre, wenn sie sich in mich verlieben würde? Unsere Tournee fängt gerade erst an, und ich werde die nächsten sechs Monate unterwegs sein.«

»Genau. Sie will sich einfach davor schützen, mit gebrochenem Herzen zurückzubleiben.«

Raphael nickte langsam. »Ich würde der jungen Dame niemals wehtun wollen«, sagte er. »Ist wohl besser, ich spare mir meinen Charme auf.«

Wenn man Gelegenheit hatte, die Oberfläche aus rauer Männlichkeit und herbem Geruch zu durchdringen, war Raphael auf seine Weise tatsächlich irgendwie süß.

»Gibt es einen besonderen Grund, warum Sie noch hier sind, Miss?«, fragte Raphael sie mit einem schiefen Blick. »Als würde ich das nicht längst wissen«, fuhr er fort, ohne eine Antwort abzuwarten. »Diese alten Augen sehen eine Menge.«

»Ich … ich bin zu Kaboodles Geburtstagsparty eingeladen worden«, erklärte Prue.

»Toll. Da muss Sie ja jemand wirklich gern haben.«

Prue fühlte, dass sie errötete. Ob viel über sie und Ivan geredet wurde? Das würde Miranda bestimmt nicht gefallen.

»Und wo ist unser schöner Zigeuner?«, nahm Raphael den Faden wieder auf. »Seine Pechsträhne wird ihn doch wohl nicht daran hindern, seine Verabredung pünktlich einzuhalten?«

Wieder der Hinweis auf Ivans sprichwörtliches Pech. »Nein, er sagte, er hätte erst noch etwas zu erledigen. Vielleicht muss er sich noch um seine Tiere kümmern.«

Raphael zuckte die Schultern. »Ich werde mich jedenfalls jetzt ins Clownlager begeben. Schließlich will ich auch noch etwas von dem Kuchen abbekommen. Die Party müsste schon längst angefangen haben.«

Prue sah zur Uhr. Es war beinahe Mitternacht. »Für mich wird es Zeit, mich mit Ivan zu treffen. Ich werde Sie ein Stück begleiten.«

Gemeinsam verließen sie das Zelt, und die frische Luft im Freien schwächte Raphaels persönliche Duftnote auf ein erträgliches Maß ab.

Raphael zog eine Taschenlampe hervor und schaltete sie ein. In dem trüben Lichtstrahl tanzten allerlei Schatten um sie herum. Die mächtigen Bäume des Golden Gate Parks ließen weder Sternenlicht noch Mondschein hindurch, und die Straßenlaternen standen weit auseinander, da normalerweise keine abendlichen Veranstaltungen in dem Park stattfanden. Prue schauderte.

»Wie wäre es, wenn ich Sie begleite«, schlug Raphael vor. »Mir gefällt der Gedanke nicht, dass Sie hier ohne eine Taschenlampe im Dunkeln herumstolpern.«

»Danke«, sagte Prue, und sie meinte es so, obwohl sie Ivans Wohnwagen bereits sehen konnte. Im Inneren brannte Licht.

»Glück gehabt«, bemerkte Prue. »Er scheint schon da zu sein.«

»Ich werde warten, bis er Sie in Empfang genommen hat, Missy«, erklärte Raphael.

Sie näherten sich dem Wohnwagen, als ein lautes Donnern Prue bis ins Mark erschütterte. Eine Explosion!

Ivans Wohnwagen stand in Flammen!

13

»Oh mein Gott!«, keuchte Prue. Wie erstarrt stand sie da und starrte in die orangeblauen Flammen, die zum Nachthimmel emporzüngelten.

Raphael stieß einen lauten Schrei aus und brüllte: »Feuer!« Ohne auf seine eigene Sicherheit zu achten, stürmte er voran. »Ich suche den Gasanschluss!«

Scheinbar innerhalb von Sekunden war die ganze Umgebung voll von Zirkusleuten. Prue war erstaunt, wie schnell all die Menschen am Ort des Geschehens eingetroffen waren, obwohl das Clownlager sich auf der anderen Seite des Zirkuszeltes befand. Nicht wenige hatten sogar Feuerlöscher dabei.

»Wässert die Bäume!«, schrie jemand.

Prue sah auf. Die Flammen loderten so hoch, dass die überhängenden Zweige in Gefahr gerieten, Feuer zu fangen. Sollte das geschehen, konnte der ganze Park in Windeseile in Flammen stehen. In der letzten Zeit war es ziemlich trocken gewesen, und die Bäume standen dicht beieinander.

Die Flammen schossen höher und höher, kamen immer näher an die niedrigsten Äste heran. Prue musterte den gewaltigen Baum neben Ivans Wohnwagen. Der nächstgelegene Ast war ziemlich weit oben. Trotzdem sammelte Prue ihre Kräfte und konzentrierte sich auf diesen Ast. Mit einer kurzen Bewegung aus dem Handgelenk riss sie ihn fort und schleuderte ihn weit weg von dem Feuer.

Überall um sie herum herrschte Chaos. Menschen versuchten, sich gegenseitig Mut zuzubrüllen, andere schrien vor Angst oder erteilten Anweisungen. Wohin sie auch blickte, fand sie mehr als genug Gelegenheit, ihre telekinetischen Kräfte einzusetzen, um die Leute zu unterstützen. Alles ging derart drunter und drüber, dass sie sich keine Sorgen machen musste, irgendjemand könnte ihre kurzen Handbewegungen mit den Vorgängen um sie herum in Verbindung bringen. Sie half einer Gruppe Artisten, sich einen schweren Löschschlauch auf die Schultern zu laden, und schob ein kleines Kind aus der Gefahrenzone. Danach drehte sie sich gerade noch rechtzeitig um, um die Flugrichtung der Scherben einer durch die Hitze geplatzten Fensterscheibe zu manipulieren.

Rauch wogte aus den geborstenen Fenstern des Wohnwagens hervor. Prue lenkte ihn in eine andere Richtung und versuchte verzweifelt, durch den Dunst etwas zu erkennen. Eine beängstigende Frage lastete schwer auf ihrem Herzen: War Ivan immer noch da drin?

Dann fühlte sie, wie Erleichterung ihren ganzen Körper durchströmte, als sie Ivan in der Nähe der Tür aus dem Flammenmeer stapfen sah.

Nun, da das Feuer nachließ und Ivan in Sicherheit war, konzentrierte sich Prue wieder auf die Vorgänge in ihrer Umgebung. Irgendwann war die Feuerwehr eingetroffen, ohne dass sie es überhaupt bemerkt hätte. Jetzt waren die Männer dabei, die Zirkusleute zu vertreiben, damit sie ihren Job erledigen konnten.

Feuerwehrmänner schwärmten um Ivans übel zugerichteten Wohnwagen herum. Plötzlich stürmten Sanitäter mit einer Trage herbei.

Jemand war noch da drin, erkannte Prue voller Schrecken. Konnte irgendjemand diese Explosion überlebt haben?

Ein Schrei wurde laut, übertönte das allgegenwärtige Murmeln und Keuchen. »Miranda!«

Miranda war in Ivans Wagen gewesen. Ivan hingegen anscheinend nicht. Er war draußen; er lebte. Im Gegensatz zu Miranda. Was hatte das zu bedeuten?

Um sie herum brandete neuerliches Gerede auf. »Arme Miranda«, sagte eine groß gewachsene Frau. »Sie hat sich nie damit abfinden wollen, dass Ivan ihre Gefühle nicht erwidert hat.«

»Ich habe gehört, wie er sie gebeten hat, sich mit ihm zu treffen, um diesem Unsinn ein für alle Mal ein Ende zu machen«, fügte eine raue Stimme hinzu. »Sie war für ihn zu einer richtigen Plage geworden.«

»Das ist der neueste Beweis von Ivans sprichwörtlichem Pech«, sagte Sache, der Clown, den Prue am ersten Tag kennen gelernt hatte, zu Olga. »Man muss sich nur in seiner Nähe aufhalten, schon fängt der Ärger an.«

»Das ist Blödsinn«, widersprach Kaboodle. »Es wird irgendein Problem mit dem Gasanschluss gegeben haben.«

»Etwas Übernatürliches war da bestimmt nicht am Werk«, stimmte ihm Masha zu.

»Narren«, murmelte Olga. »Dumm und blind. Ihr alle. Und er auch. Er hat meine Hilfe abgelehnt. Ihr solltet ihn zwingen, mein Angebot anzunehmen.«

»Ich glaube, Ivan sollte uns einfach verlassen«, sagte jemand anderes. »Solange er in der Nähe ist, sind wir alle in Gefahr.«

»Wenn er geht, dann werden wir alle unsere Arbeit verlieren«, konterte Kaboodle. »Er ist unsere größte Attraktion, und wir haben nichts Vergleichbares zu bieten.«

Prue war schwindelig. Sie wusste nicht, was sie mit all diesen Äußerungen anfangen sollte. Wenn Ivan wie in Phoebes Vision fähig zu einem Mordversuch an Piper war, hatte er Miranda dann womöglich ganz bewusst in diese Feuerfalle gelockt? War es das, was er noch zu erledigen hatte, ehe er sie treffen wollte?

Prue schüttelte den Kopf. Der Gedanke war einfach zu schrecklich.

Sie betrachtete den Wohnwagen. Die Sanitäter waren mit dem Krankenwagen abgefahren, und die Feuerwehrmänner gestatteten Ivan nun, seinen Wagen zu betreten. Offenbar war das Feuer vollständig gelöscht. Prue ging ein wenig näher heran. Ob irgendetwas dieses Flammenmeer überstanden hatte? Sie hatte noch nie zuvor etwas Ähnliches erlebt. Das Feuer war in Windeseile ausgebrochen. War das das Werk eines Dämons? Und war Ivan dieser Dämon? Sie hatte ihn nicht gut genug sehen können, um zu beurteilen, wie er auf die Nachricht von Mirandas Tod reagiert hatte.

Ivan kam wieder aus dem Wohnwagen heraus. Verblüffung spiegelte sich in seinem rußgeschwärzten Gesicht. In den Armen hielt er seine Violine. Erstaunlicherweise hatte sie den Brand überstanden. Von Prues Standort aus schien es sogar, als wäre sie nicht einmal angesengt worden.

Hatte Ivan womöglich sein wertvolles Instrument auf magische Weise vor Schaden geschützt, nicht aber das Leben eines anderen Menschen? Oder hatte die Violine sich selbst geschützt?

Ein Klumpen bildete sich in Prues Magen. Das Feuer, Mirandas Tod, Ivan, all die Fragen, war er schuldig oder unschuldig – das alles war plötzlich zu viel für sie. Ohne sich auch nur einmal nach dem Zigeuner umzusehen, ergriff Prue die Flucht vor der schaurigen Szenerie.

»Ich sehe schon alles doppelt«, jammerte Phoebe. »Doppelte Bässe, dreifache Notenschlüssel und viel zu viele Viertelnoten.«

»Und du behauptest, du wärest unmusikalisch«, stichelte Piper und rieb sich die müden Augen, ehe sie herzhaft gähnte. »Lass uns eine Pause machen.«

Seit sie vom Zirkus nach Hause gekommen waren, hatten Piper und Phoebe sich auf dem Dachboden eingehend mit dem *Buch der Schatten* beschäftigt. Sie hatten eine Vielzahl an Informationen über Magie und Musik ausgegraben. Musik, die magische Eigenschaften hatte, aber auch Instrumente, die über solche verfügten.

Phoebe gab sich alle Mühe, nicht ununterbrochen darüber nachzudenken, dass Prue noch so spät mit Ivan allein war, noch dazu auf seinem Terrain.

Piper brütete noch immer über dem *Buch der Schatten*. »Sieh dir nur all diese Banne an«, sagte sie. »Es gibt Instrumente, die Liebe herbeiführen oder beenden können. Andere wiederum können das Wetter kontrollieren oder telepathische Angriffe abwehren.« Sie seufzte. »Aber solange wir die Symbole nicht kennen, können wir nicht herausfinden, über welche Art von Magie Ivans Violine möglicherweise verfügt.«

Phoebe trommelte mit den Fingerspitzen auf dem Tisch herum. »Ich weiß, dass die Violine irgendeinem geheimen Zweck dient«, sagte sie. »Ich kann nur hoffen, es geht dabei nicht darum, Prue mit einem Zauber zu belegen.«

Phoebe erzählte Piper von ihrer Theorie, dass Prue nur deswegen so verrückt nach dem Zigeuner war, weil dieser sie verhext hatte. Vielleicht mit Hilfe seiner Violine.

»Schon möglich«, sinnierte Piper. »Gute Neuigkeiten«, setzte sie dann aufgeregt hinzu.

»Gute Neuigkeiten? Endlich!« Phoebe schob sich neben ihre Schwester, um ebenfalls einen Blick in das Buch zu werfen. »Wo? Zeig mir die guten Neuigkeiten!«

Piper deutete auf eine Passage im *Buch der Schatten.*

»Nicht selten kann die Magie dieser Instrumente durch die Macht der Drei gebrochen werden«, las sie vor. »Also haben wir wenigstens eine Chance.«

»Mmm.« Phoebe dachte einen Augenblick nach. »Weiß Ivan, dass wir zu dritt sind?«

»Keine Ahnung«, gestand Piper. »Aber wenn man bedenkt, wie dicke er und Prue miteinander sind, nehme ich an, die Antwort lautet ja. Olga schien auch ein ziemlich beachtliches Interesse für uns zu hegen. Demnach könnte die Zahl Drei für die Magie der Zigeuner von Bedeutung sein.«

Phoebe nickte. Geistesabwesend blätterte sie im *Buch der Schatten.* Sie war furchtbar müde, aber sie wollte nicht ins Bett kriechen, ehe sie nicht ein paar Antworten ausfindig gemacht hatte. Manchmal, wenn sie nicht zu eifrig las, führte das Buch sie ganz von selbst zu dem Wissen, das sie benötigten. Und manchmal glaubte Phoebe beinahe, das Buch wolle sie den Umgang mit ihren Kräften lehren. Irgendwie hatte sie das Gefühl, ihre Mutter würde durch dieses Werk über sie wachen. Phoebe war noch sehr jung gewesen, als ihre Mutter starb. Sie konnte sich kaum noch an sie erinnern. Aber ihre Mutter hatte viele Zaubersprüche in dem Buch hinterlassen. Und durch ihre Mutter und deren Mutter und all die Mütter vorher waren sie und ihre Schwestern zu ihren Kräften gekommen. Wenn also die Seiten zu flattern begannen oder das Buch plötzlich wie von selbst an einer passenden Stelle aufgeschlagen war, hatte Phoebe stets das Gefühl, von der schützenden Hand ihrer Mutter geleitet zu werden.

Und genau das empfand sie auch jetzt. Ihre Finger blieben an einer

Seite hängen und strichen sie glatt, ohne dass sie darüber nachdenken musste. Neugierig blickte sie auf die Seite.

Eine Art Ghul starrte ihr aus dem aufgeschlagenen Buch entgegen.

»Huh«, machte sie. »Was ist denn das für ein Prachtexemplar?«

Piper beugte sich vor und starrte das Bild an. »Hey«, sagte sie. »Sieht das nicht aus wie ein traditionelles Zigeunerkostüm?«

»Ja, allerdings könnte es dringend einen Besuch im Waschsalon vertragen.« Auf der Seite gab es keinen Text, nur das Bild. Phoebe studierte es sorgfältig. Die Gestalt trug die weiten Hosen, die bunte Weste und die dazugehörigen Schärpen, die typisch für die volkstümliche Kleidung der Zigeuner waren. Das Gesicht jedoch war halb verwest, als wäre er schon lange tot. Losgerissene Stofffetzen hingen von den ausgestreckten Armen herab. Die Finger schienen nur aus Knochen zu bestehen, und von den Augen waren nur leere Höhlen zu sehen.

»Hat Prue nicht erzählt, jemand, auf den diese Beschreibung zutrifft, würde sich in der Nähe des Zirkus herumtreiben?«, fragte Phoebe.

Pipers Augen weiteten sich. »Das hat sie! Steht in dem Buch auch, was das für ein Ding ist?«

Phoebe blätterte zur nächsten Seite. Sie zweifelte nicht daran, dass es einen Text zu dem Bild geben musste. »Zigeuner-Zombie«, las sie. »Wow. Hier steht, ein Zigeunerzauberer, der mächtig genug ist, kann einen Zombie herbeirufen, der ihm die Drecksarbeit abnimmt! Auf diese Weise bleibt der Zigeuner über jeden Verdacht erhaben und bekommt trotzdem das, was er oder sie will.«

»Steht da, was der Zombie für den Zigeuner tun kann?«, fragte Piper.

»Du meinst so eine Art Jobbeschreibung für Zombies? Lass mal sehen. Ja, eine ganze Liste. Und alles große Sachen: Entführung, Mord, Einbruch. Hey, warte mal. Einiges davon ist ganz schön stark – und unheimlich.«

»Ist es nicht auch so schon unheimlich genug, von einem Zombie umgebracht zu werden?«, fragte Piper sarkastisch.

»Ein wahrhaft begabter Magier kann den Zombie dazu benutzen, seine Wünsche auf der astralen Ebene zu erfüllen. Das ist wichtig, falls es notwendig ist, geistige Angriffe abzuwehren. Außerdem hat er sich als nützlich bei der Suche nach zusätzlichen Machtinstrumenten und Talismanen wie dem Roma-Rubin und anderen magisch aufgeladenen Objekten erwiesen.«

»Der Roma-Rubin?«, unterbrach Piper. »Das ist der Juwel, der die Macht der Zigeuner verdreifachen kann. Ivan hat Prue davon erzählt, aber er hat behauptet, er würde nicht daran glauben.«

»Natürlich. Er tut auch wie der nette Junge von nebenan, aber ich habe ihn anders kennen gelernt«, sagte Phoebe. Sie konnte immer noch nicht begreifen, was Prue in diesem Kerl sah.

»Olga jedenfalls glaubt bestimmt an den Juwel«, erinnerte sich Piper. »Jenny hat den Rubin erwähnt, und ich hatte den Eindruck, Olga wäre beinahe ausgeflippt, weil sich die Geheimnisse der Zigeuner schon bei uns Nicht-Zigeunern herumgesprochen hatten.«

»Oh-oh«, machte Phoebe und las weiter. »Ich glaube, ich habe gerade herausgefunden, warum die Zigeunermagie in unserem *Buch der Schatten* erwähnt wird. Der Zombie kann auch dazu benutzt werden, die ausgleichenden Kräfte der Zauberhaften zu bekämpfen.«

»Na super. Warum kann nicht mal irgendwas einfach sein?«, stöhnte Piper und rieb sich die Wangen.

»Ich schätze, die Frage lautet, wozu Ivan den Zombie benutzen will«, vermutete Phoebe.

»Können wir denn absolut sicher sein, dass Ivan den Zombie herbeigerufen hat?«, fragte Piper. »Wir sollten keine voreiligen Schlüsse ziehen und die Augen offen halten.«

»Warum? Wenn wir das tun, bringen wir Prue – oder dich – in Lebensgefahr!« Phoebe wusste, dass Piper bis zu einem gewissen Grad Recht hatte – dass sie vielleicht wirklich zu voreilig war. Trotzdem! Ivan hatte sie nicht für seinen Fanclub gewinnen können, und irgendjemand musste schließlich in der Nähe dieses Kerls bei klarem Verstand bleiben.

»Ich sage ja nur, dass auch jemand anderes den Zombie gerufen haben könnte, um Ivan zu schaden«, entgegnete Piper. »Bisher konnten wir noch nicht ausschließen, dass ein Fluch auf ihm lastet.«

Phoebe gähnte ausgiebig. »Tut mir Leid«, murmelte sie dann verlegen. »Ich schätze, ich sollte allmählich am Kissen horchen. Ich bin einfach zu müde, um weiterzumachen.«

»Gott sei Dank«, ächzte Piper. »Ich hatte gehofft, du würdest so etwas sagen. Ich wollte nicht wie eine Memme dastehen und als Erste aufgeben.«

Phoebe legte das Buch an seinen Platz zurück. Danke, Mom, dachte sie und ließ ihre Hand für einen Moment auf dem Einband liegen. Dann legte sie den Arm um Pipers Schultern. »Dann komm mal mit, du Memme. Gehen wir ein wenig die Augen ausruhen.«

Sie stiegen die Treppe wieder hinunter. »Auf Prue zu warten hat wohl so oder so keinen Sinn, wenn diese Party erst um Mitternacht losgeht«, sagte Piper. »Wer weiß, wann sie nach Hause kommt.«

»Falls sie nach Hause kommt«, murrte Piper. Sie konnte ihr Misstrauen gegen Ivan einfach nicht verhehlen.

Piper blieb wie angewurzelt stehen. »Warum musstest du das jetzt sagen? So werden wir bestimmt keinen Schlaf finden.«

»Tut mir Leid.« Phoebe schob Piper durch den Korridor zu ihren Schlafzimmern. Vor ihrer Tür blieb sie stehen. »Hoffen wir einfach, dass Prue sich wegen Ivans Charme die Nacht um die Ohren schlägt und nicht wegen irgendwelcher bösen Machenschaften.«

»Hoffen wir es«, sagte Piper mit einem tiefen Seufzer.

14

Erschrocken richtete sich Piper in ihrem Bett auf. Hatte sie geträumt? Irgendetwas über Prue ... Dann erinnerte sie sich. Sie hatte Prue in der letzten Nacht nicht zurückkommen hören.

Piper sprang aus dem Bett und huschte hastig zu Prues Zimmer. Sie machte sich nicht einmal die Mühe zu klopfen, sondern riss einfach die Tür auf. Doch, das Bett war eindeutig benutzt worden.

Aber halt, hatte Prue ihr Bett gestern überhaupt gemacht? Sie hatten das Haus immerhin in großer Eile verlassen. Es war durchaus möglich, dass die zerwühlten Laken noch vom Vortag stammten.

Piper rannte die Treppe hinunter. Phoebe saß bereits am Esstisch und aß Getreideflocken. »Ist sie nach Hause gekommen?«, fragte Piper atemlos.

»Notiz«, würgte Phoebe mit vollem Mund hervor. »Küchentisch.«

»Hattest wohl noch nicht genug Kaffee, was?«, fragte Piper. Phoebe grunzte eine unverständliche Antwort und griff nach ihrer Kaffeetasse.

Nach kurzer Suche hatte Piper den Notizzettel gefunden. »Du meine Güte!«, rief sie. »Ein Feuer?«

Phoebe nickte finster. »Wie in meiner Vision.«

Piper überflog die Zeilen hastig. Prue teilte ihnen mit, dass Kristin sie besonders früh bestellt hatte. Nach dem Feuer würde es auf dem Zirkusgelände von Reportern nur so wimmeln, und sie wollte versuchen, zu den Ersten zu gehören. Außerdem bat Prue Piper und Phoebe, zu Hause zu bleiben, und schrieb, dass sie so schnell wie möglich zurückkommen wolle, um ihre Schwestern in alles einzuweihen.

»›Bitte macht euch keine Sorgen‹«, las Piper laut, ehe sie mit dem Zettel vor Phoebes Gesicht herumwedelte. »Warum auch?«

Phoebe trank einen weiteren Schluck Kaffee. »Wir bleiben auf keinen Fall hier. Ich bin überzeugt, dass unsere große Schwester in Gefahr ist.«

Panik spiegelte sich in Pipers Gesicht. »Aber sie ist doch nach Hause gekommen, oder etwa nicht?«, fragte sie verunsichert. »Das hier ist doch keine Fälschung, oder?«

»Ich glaube nicht. Als ich herkam, stand eine gebrauchte Kaffeetasse in der Spüle, und Prues Haarfestiger stand auf dem Rand der Duschwanne. Sie war hier.« Phoebe nickte heftig. »Und jetzt werden wir ihr folgen.«

»Die Worte einer Hexe im Koffeinrausch.« Piper holte sich Orangensaft aus dem Kühlschrank und nahm einen tiefen Schluck.

»Aus der Tüte?«, fragte Phoebe ungläubig. »Du scheinst wirklich besorgt zu sein.«

Piper stellte den Orangensaft zurück und schloss die Kühlschranktür. »Wir müssen wissen, was sie weiß, und sie muss wissen, was wir wissen. Du weißt, was ich meine?«

»Ich weiß. Ich meine, ich nehme an, ich weiß es.« Phoebe runzelte ihre Brauen. »Was hast du gesagt?«

Piper schüttelte den Kopf. »Egal. Lass uns einfach gehen.«

Hastig zogen sich die beiden Mädchen an, und Piper schnappte sich ihren Mantel von dem Haken in der Eingangshalle. »Phoebe?«, rief sie. »Bist du so weit?«

»In einer Minute!«, erklang Phoebes Stimme irgendwo im Obergeschoss. Kurz darauf stürmte sie die Stufen hinunter und stopfte sich unterwegs ein Stück Papier in die Hosentasche.

»Was ist das?«, fragte Piper.

»Nur eine kleine Vorsichtsmaßnahme«, meinte Phoebe und klopfte auf die Tasche. »Ich habe den Zauberspruch zur Abwehr dieses Zombies abgeschrieben. Vielleicht laufen wir ihm ja über den Weg.«

»Gute Idee.«

Die Türglocke erklang. »Erwarten wir jemanden?«, flüsterte Piper.

»Ich glaube nicht, dass Zigeuner-Zombies an der Tür klingeln«, entgegnete Phoebe.

Piper lugte vorsichtig hinter dem Spitzenvorhang zur Haustür hinaus. »Jenny«, verkündete sie, öffnete die Tür und blickte geradewegs in das aufgeregt strahlende Gesicht des Mädchens.

»Gehen wir wieder zum Zirkus?«, fragte sie.

Piper seufzte. »Na ja, wir gehen schon«, sagte sie zu Jenny. »Aber wir können dich heute nicht mitnehmen.«

Jennys Miene verdüsterte sich. »Ihr ... ihr wollt mich nur nicht dabeihaben, ist es das?«

»Nein, natürlich nicht, Schätzchen«, versicherte ihr Piper. »Letzte Nacht hat es einen schrecklichen Unfall gegeben, und wir wissen nicht, ob es ungefährlich ist, hinzugehen.«

»Oh.« Jenny sah immer noch enttäuscht, aber bei weitem nicht mehr so verletzt aus. Was für eine Erleichterung, dachte Piper. Wenigstens ein Punkt, in dem ich mich nicht schuldig fühlen muss.

Gemeinsam fuhren Piper und Phoebe zum Park. Der Wächter am Eingang kannte sie inzwischen und winkte sie ohne Kontrolle durch. Unterwegs hatten sie sich so etwas Ähnliches wie einen Plan zurechtgelegt. Phoebe würde versuchen, Prue zu finden, während Piper sich mit Olga unterhalten wollte. Die Wahrsagerin mochte sich vielleicht als nützlich erweisen. Zumindest konnte sie vermutlich Licht in die Sache mit dem Zombie und Ivan und allem anderen bringen.

Piper und Phoebe erreichten das Gehölz, in dem Olga ihren Vardo abgestellt hatte. »Ich komme mit Prue hierher«, versprach Phoebe.

»Vorausgesetzt, du findest sie und sie ist bereit mitzukommen«, bemerkte Piper. »Immerhin haben wir keine Ahnung, was wirklich mit Ivan los ist.«

»Du hast Recht«, stimmte Phoebe zu. »Falls Ivan sie irgendwie verhext hat, müssen wir vielleicht einen Umkehrzauber anwenden.«

Phoebe drückte rasch Pipers Hand, ehe sie in Richtung Zelt davonging. Piper wandte sich zu Olgas kunterbuntem Wagen um. Was den Fluch anging, hatte sich Olga ziemlich gesprächig gezeigt, und Piper hoffte, dass die Frau besorgt genug war, um alles zu erzählen, was sie über Ivan dachte. Wenn möglich wollte Piper vermeiden, ihr zu offenbaren, dass sie eine Hexe war, obwohl sie den Verdacht hegte, dass Olga das längst wusste.

»Olga?«, rief Piper.

Olga steckte den Kopf zu dem Vorhang vor dem Eingang zu ihrem Wagen heraus. »Ah, die junge Dame mit den beiden Schwestern.«

»Hallo«, sagte Piper. »Wegen einer dieser Schwestern würde ich gern mit Ihnen reden.«

Olga kniff die Augen zusammen und nickte langsam. »Kommen Sie rein«, sagte sie.

Piper folgte Olga in die Düsternis im Inneren des Wagens. Drinnen zog sie die Nase kraus. Ein scharfer, beißender Dunst lag in der Luft. Offenbar hatte Olga gerade Talismane oder Zaubertränke hergestellt. Offene Gläser standen im Regal, und Kräuter knirschten unter Pipers Füßen, als sie an den Tisch herantrat. Olga hielt offenbar nicht sehr viel von Ordnung, wie Piper in Gedanken feststellte.

Olga bedeutete Piper, sich an den Tisch zu setzen. »Das war ein furchtbarer Tag«, sagte sie, während sie auf den Stuhl an der gegenüberliegenden Seite des Tisches sank. »Haben Sie das von Miranda gehört? Ach, was für ein Unglück. So ein Trauerspiel, und es ist alles Ivans Schuld.«

Damit hatte sie Pipers volle Aufmerksamkeit. Olga selbst hatte ihr die Tür geöffnet, Fragen über Ivan zu stellen. Piper räusperte sich. Das Atmen fiel ihr in der drückenden Luft dieser beengten Umgebung nicht leicht. Es roch, als läge in dem Wagen etwas, das schon seit einigen Tagen tot war, und Piper fragte sich, wie regelmäßig Olga wohl ihren Müll entsorgte. »Warum ist es Ivans Schuld?«, würgte sie hervor.

Olga schlug mit der flachen Hand auf den Tisch. »Warum? Weil das Böse auf ihm lastet, natürlich!«, rief sie wütend.

»Darüber wollte ich mit Ihnen sprechen«, sagte Piper. »Meine Schwester Prue scheint, na ja, sie scheint Ivan sehr gern zu haben.«

Olga warf die Arme hoch. »Dann steht ihre Seele auf dem Spiel. Er wird sie vernichten, wie er Miranda vernichtet hat.«

War Ivan wirklich für Mirandas Tod verantwortlich, überlegte Piper. Bisher hatte sich Olga nicht sehr mitteilsam gezeigt, wenn es darum ging zu erklären, auf welche Weise genau Ivan seinen bösen Taten frönte. Piper öffnete den Mund, um Olga nach Einzelheiten zu fragen, als die Wahrsagerin ihren Arm ergriff.

»Ich bin so erleichtert, dass Sie zu mir gekommen sind«, sagte sie.

Piper musste sich zusammenreißen, um unter Olgas hartem Griff nicht zurückzuzucken. »Warum?«

»Ich habe gesehen, wie Ivan Ihre Schwester in ein abgeschiedenes Gebiet außerhalb des Zirkusgeländes gelockt hat.« Sie ließ Pipers Arm los und schlug ein Zeichen gegen den bösen Blick. »Wer weiß, was er mit ihr vorhat?«

»Oh, nein!«, keuchte Piper.

»Ich hätte ja versucht, ihn aufzuhalten«, sagte Olga und rang die Hände. »Aber ich bin alt und schwach. Ich habe diesem Übel nichts entgegenzusetzen. Aber Sie – Sie sind jung und stark.« Sie beugte sich über den Tisch. »Sie haben Macht.«

Piper erschrak, nicht nur darüber, dass Olga das Wort ›Macht‹ gewählt hatte, sondern auch über die Eindringlichkeit, mit der sie es ausgesprochen hatte. Obwohl Olga keinen gebrechlichen Eindruck machte, schien sie sich so sehr vor Ivans Magie zu fürchten, dass sie sich ihm offenbar nicht gewachsen fühlte.

»Wohin sind sie gegangen?«, fragte Piper. Olga beschrieb ihr die Richtung und den Weg, auf dem sie Ivan und Prue zum letzten Mal gesehen hatte. Außerdem erklärte sie Piper, wohin die beiden ihrer Meinung nach unterwegs gewesen seien.

»Danke«, sagte Piper und erhob sich.

»Ich hoffe nur, Sie kommen nicht zu spät«, ächzte Olga.

Das hoffte Piper auch. Sie stürzte aus dem Vardo hinaus und blinzelte in das helle Sonnenlicht. Ihr Kopf ging hin und her, während sie nach Phoebe Ausschau hielt.

Da war sie – kam direkt auf Piper zugerannt! Die Schwestern stürmten beinahe aufeinander los.

»Ich konnte Prue nirgends finden«, platzte Phoebe heraus, ehe sie sich vorbeugte, die Hände auf die Knie stemmte und versuchte, wieder zu Atem zu kommen.

»Das liegt daran, dass Ivan sie in seiner Gewalt hat!«, verkündete Piper. »Olga hat mir gesagt, wo er sie hingebracht hat.«

Phoebe richtete sich auf. »Worauf warten wir dann noch?«

Piper führte Phoebe den Pfad entlang in einen stärker bewaldeten Bereich des Parks. Hier war das Blätterwerk so dicht, dass Bäume und Büsche die meisten Geräusche, die vom Zirkusgelände herüberdrangen, verschluckten.

Piper erschauerte. Irgendwie wirkte der Park an diesem Tag dunkel und unheimlich. Am Tag zuvor war er ihr so strahlend und lebendig vorgekommen. Sie erinnerte sich, wie sorglos sie sich noch vor kurzer Zeit gefühlt hatte. Beinahe so wie in der Zeit, bevor sie zu ihren Hexenkräften gekommen war. Hexe zu sein hatte ihr eine furchtbar große Verantwortung aufgebürdet und erschreckende Finsternis in ihr Leben gebracht.

Allerdings auch viel Freude, wie Piper sich eingestehen musste. Unschuldige zu retten, Dinge gerade zu rücken, die enge Verbundenheit zwischen den Schwestern – das alles gehörte zu den Vorteilen des Hexendaseins. Aber in Zeiten wie diesen – Zeiten der Gefahr, Zeiten, in denen sie nicht wussten, ob ihre Magie funktionieren würde oder ob sie es womöglich mit einem Dämon zu tun bekamen, der mächtiger war als sie, mit einem Hexer, der ihnen an Durchtriebenheit überlegen war – das waren Zeiten, in denen Piper sich wünschte, sie und ihre Schwestern hätten das *Buch der Schatten* nie gefunden.

Sie sah Phoebe an, die neben ihr herlief. Phoebe war mit dem Wissen am schnellsten zurechtgekommen. Ihre magischen Kräfte wurden immer stärker, und sie arbeitete emsig daran, ihre visionären Fähigkeiten weiterzuentwickeln. Auch Prue hatte ihr Können verbessert. Zusätzlich zur Telekinese hatte sie ihre Fähigkeit zu astraler Projektion entdeckt. Na ja, dachte Piper, wenn überhaupt irgendjemand imstande ist, an zwei Orten gleichzeitig aufzutauchen, dann kann es einfach nur meine große Schwester Prue sein.

»Sollten wir nicht längst auf sie gestoßen sein?«, fragte Phoebe.

»Es kann nicht mehr lange dauern«, versprach Piper. »Olga war überzeugt, dass Ivan Prue zu der Lichtung gleich hinter der nächsten Kurve gebracht hat.«

»Riechst du das?«, erkundigte sich Phoebe. »Beinahe wie toter Fisch?«

Piper nickte. »Ich versuche die ganze Zeit, nicht darauf zu achten.«

Eine Gestalt im Gebüsch erregte Pipers Aufmerksamkeit. Sie ergriff Phoebe am Arm und hielt sie fest. »Ist das Ivan?«, flüsterte sie.

»Ich weiß es nicht«, erwiderte Phoebe.

Noch ehe sie sich weitere Gedanken über die Identität der Gestalt machen konnten, stürzte diese schon aus dem Gestrüpp hervor und schleppte einen Wirrwarr aus Zweigen und Laub hinter sich her. Die langen knochigen Finger ausgestreckt, kam sie auf die beiden Schwestern zu.

»Der Zombie«, murmelte Piper.

»Ich schätze, wir haben die Quelle dieses widerlichen Gestanks gefunden«, kommentierte Phoebe. »Der Bursche dürfte schon eine ganze Weile tot sein.«

Piper starrte den Zombie an, der immer näher kam. Ihr Magen krampfte sich zusammen, als ihr Blick von den zerfetzten Kleidern hinauf zu dem schaurigen, vermoderten Gesicht wanderte, in dem das Fleisch teilweise bis auf die blanken Knochen abgefault war. Und ihre Eingeweide verkrampften sich nur noch mehr, als sie auf die leeren Augenhöhlen und die abgelösten Hautfetzen starrte.

»Worauf wartest du?« Phoebe kniff Piper in den Arm. »Zeit, ihn einzufrieren.«

»Richtig!« Piper löste sich aus ihrer eigenen Erstarrung, richtete die Finger auf den Zombie und jagte einen Strom der einfrierenden Energie durch ihre Hände.

Das Ungetüm tat einen weiteren bedrohlichen Schritt auf sie zu.

»Es funktioniert nicht!«, keuchte Piper. Aus angsterfüllten Augen starrte sie Phoebe an, und sie sah, wie sich ihr eigenes Entsetzen in den Zügen ihrer Schwester spiegelte.

»Tote Kerle sind eben unberechenbar«, witzelte Phoebe.

Piper wusste, dass Phoebes müder Scherz nur ein Versuch war, von ihrer Furcht abzulenken. »Was jetzt?«

»Drei ...«, krächzte der Zombie. Seine hohle, knarrende Stimme klang in Pipers Ohren, als käme sie aus einer anderen Welt. Der Zombie trat noch einen Schritt näher.

»Der Spruch!«, rief Piper. »Du hast einen Zauberspruch!«

»Stimmt!«, schrie Phoebe und wühlte in ihren Taschen. »Wo habe ich ihn nur hingetan?«

Piper durchsuchte Phoebes unzählige Jackentaschen. »Warum sind Taschen in dieser Saison bloß so modern?«, murmelte sie. Phoebe bog und wand sich, während sie jede einzelne Tasche an sämtlichen Kleidungsstücken kontrollierte.

»Schnell«, drängte Piper. »Wenn er noch näher kommt, bringt der Gestank mich um, ehe der Typ überhaupt die Chance bekommt, uns etwas zu tun.«

Phoebe hielt triumphierend einen kleinen Zettel hoch. »Ich hab ihn!«, jubelte sie.

Inzwischen war der Zombie so nahe, dass Piper die Insekten sehen konnte, die über seinen Leib, in seinen Ohren, seinem Mund und den Augenhöhlen krochen. Oh Mann, dachte Piper. Wir müssen uns wirklich beeilen, oder ich falle tot um.

»Drei«, ließ sich der Zombie ein zweites Mal mit donnernder Stimme vernehmen, aber dieses Mal klang das Wort für Piper beinahe wie eine Frage.

»Halt die Klappe«, schnappte Phoebe, bevor sie und Piper die Köpfe zusammensteckten, damit beide den Spruch von dem Papier ablesen konnten. »Los«, trieb sie Piper an, und Piper nickte zustimmend. Zusammen sangen sie:

Zigeunerwerk von finstrer Natur,
Zerstörer, von Seele keine Spur,
wir brechen deine Herrschaft,
zerschmettern deine Macht.

Piper starrte Phoebe an. »Ziemlich gemein, nicht wahr? Die Sache mit der Seelenlosigkeit?«

»Noch mal!«, verlangte Phoebe. »Du musst alles geben. Womöglich funktioniert es nur mit der Macht der Drei.«

Immer wieder aufs Neue wiederholten sie ihren Gesang. Ihre Stimmen wurden lauter, ihr Takt schneller, und jedes Mal, wenn sie den Zauberspruch sangen, fühlte Piper, wie dessen Macht wuchs.

Der Zombie schwankte. Seine leeren Augenhöhlen fixierten ihre Gesichter, als könne er auch ohne Augen sehen. Als ihre Stimmen immer lauter wurden, kräftiger und drängender, brach er allmählich zusammen. Sein Körper kollabierte, als wäre er von innen hohl, stürzte in sich zusammen, bis nur noch ein übel riechender Haufen Staub übrig war.

Schwer atmend blieben Piper und Phoebe Hand in Hand stehen und starrten auf die Stelle, an der noch vor einem Augenblick der Zombie gestanden hatte, bereit, sich auf sie zu stürzen. Schließlich verstaute Phoebe den Zettel mit dem Zauberspruch wieder in ihrer Hosentasche. »Dieses Mal werde ich nicht vergessen, wo ich ihn hingesteckt habe«, versprach sie.

Piper war ein wenig verwirrt. »Der Zombie schien nicht begreifen zu können, warum wir nicht zu dritt waren«, sagte sie und nickte langsam. »Er war darauf programmiert, uns zu vernichten, um die Macht der Drei zu neutralisieren.«

»Wir sind nur mit heiler Haut davongekommen, weil wir die Programmparameter nicht erfüllt haben«, stellte Phoebe fest. »Und weil der Spruch auch ohne Prue funktioniert hat.«

Phoebe und Piper starrten einander aus großen Augen an. »Prue!«, riefen sie wie aus einem Munde.

»Wir müssen weiter!«, drängte Piper. »Vielleicht ist der Zombie nur geschickt worden, um uns aufzuhalten, damit wir Prue nicht vor Ivan retten können.«

Die beiden Mädchen rannten auf die Wegbiegung zu. Piper war überzeugt, dass sie Prue dort finden würden.

Vorausgesetzt, sie kamen nicht zu spät.

»Fast geschafft«, keuchte Piper.

Sie torkelten um eine große alte Eiche herum, deren mächtige Äste nach ihnen zu greifen schienen, ehe sie ruckartig stehen blieben.

»Äh, Piper?«, sagte Phoebe leise.

»Ja, ich sehe es«, entgegnete Piper.

Kein Ivan. Keine Prue.

Nur ein riesengroßer Tiger.

15

Reiner Instinkt veranlasste Piper, die Hände hochzureißen und den Tiger einzufrieren.

Die gewaltige Bestie erstarrte mitten im Sprung. Piper dankte im Stillen ihrer Gabe, dass sie auch bei Tieren Wirkung zeigte. Nach der Begegnung mit dem Zombie war sie dessen nicht sicher gewesen.

Sie starrte den Tiger an. Seine riesigen Vorderpfoten streckten sich ihr mit ausgefahrenen Krallen entgegen. Das Maul stand weit offen und entblößte todbringende, spitze Zähne von beachtlicher Größe. Piper wusste, dass, hätte sie nicht rechtzeitig reagiert, sie und Phoebe jetzt nur noch Tigerfutter wären.

Aber sie konnten immer noch als Zwischenmahlzeit enden! Pipers Herz donnerte in ihrer Brust, als sie einen anderen Tiger herbeischleichen sah. Sein Bauch hing dicht über dem Boden, während er sich langsam, aber unaufhaltsam näherte. Jeden Augenblick konnte die Bestie angreifen. Piper sammelte ihre Energie und jagte sie durch ihre Finger auf den Tiger. Sprungbereit zusammengekauert erstarrte das Tier.

»Piper! Da drüben!« Phoebe ergriff Piper am Arm und deutete auf einen anderen Weg. Einer von Ivans Bären kam auf sie zu. Plötzlich warf er den Kopf zurück und stieß ein wütendes Gebrüll aus. Piper fror auch ihn ein.

Vor ihr flimmerte die Luft. Der erste Tiger begann, sich aus seiner Erstarrung zu lösen. Sie fror ihn erneut ein, wirbelte herum und verpasste dem zweiten Tiger ebenfalls eine weitere Portion. Im letzten Augenblick bemerkte sie eine Bewegung hinter sich. Ohne den Angreifer überhaupt zu sehen, fror sie ihn über ihre Schulter hinweg ein.

Phoebe sah sich um. »Ein Löwe«, keuchte sie. »Das sind alles Ivans Tiere. Sie wurden freigelassen!«

»Und sie bleiben nicht lange in ihrer Erstarrung«, jammerte Piper, ehe sie den Bären ein weiteres Mal einfror. »Sie müssen durch irgendeine Art Zauber geschützt sein. Pass auf, ob noch mehr kommen!«, wies sie Phoebe an. »Ich kann mich nicht daran erinnern, wie viele Tiere Ivan hatte.«

Phoebe stellte sich mit dem Rücken zu Piper auf. »Ich passe hinter dir auf.«

Ein weiterer Bär brach durch das Gebüsch, und Piper fror ihn ein. Sie spürte, wie ihre Kräfte nachließen. Sie war erschöpft. Nie zuvor hatte sie so viele Kreaturen auf einmal und immer wieder aufs Neue erstarren lassen müssen. Wie lange konnte sie noch so weitermachen?

»Wo ist Prue?«, fragte Phoebe. »Sind wir zu spät gekommen? Hat Ivan sie an seine Bestien verfüttert?«

»Ich weiß es nicht«, entgegnete Piper. »Darüber kann ich jetzt nicht nachdenken. Ich muss mich konzentrieren. *Du* solltest dir inzwischen überlegen, wie wir hier heil herauskommen.« Sie fror die Tiger wieder ein, drehte sich um und erwischte den Löwen.

Stimmen. Piper hörte zwei vertraute Stimmen aus dem Gehölz. Prue und Ivan. Wieder begann ihr Herz zu rasen. Würde Phoebes Vision jetzt und hier Wirklichkeit werden? Würde Ivan sie erwürgen?

Ivan und Prue näherten sich der Lichtung über einen anderen Weg als die Tiere. Anscheinend hatte Ivan Prue hergelockt, damit die Bestien sie hier in Stücke reißen konnten. Wir sind nicht zu spät gekommen, dachte Piper, wir sind zu früh gekommen! Offenbar hatte er sie über einen Umweg hergeführt und sie glauben gemacht, sie würden lediglich einen netten romantischen Spaziergang unternehmen.

Prue und Ivan tauchten zwischen den Bäumen auf.

»Prue, lauf!«, kreischte Piper.

Ein Ausdruck tiefsten Entsetzens huschte über Ivans Gesicht. Piper verlor keine Zeit und fror auch ihn ein.

»Prue, verschwinde!«, schrie Phoebe. »Es ist Raubtierfütterung!«

»Was ...?« Prues Blick wanderte von einem erstarrten Tier zum nächsten.

»Ich kann sie in der Erstarrung halten«, brüllte Piper. »Verschwinde von hier.«

»Keine Chance«, erklärte Prue.

Die Luft um Ivan herum fing an zu flimmern. Piper wusste, dass ihre Erschöpfung sich auf ihre Hexenkräfte auswirkte. »Behalte Ivan im Auge«, sagte sie zu Phoebe. »Vielleicht musst du ihn auf altmodische Weise ausschalten. Ich muss mich um die Tiere kümmern.«

Phoebe nahm direkt vor Ivan eine Karatehaltung ein, während langsam wieder Leben in den Zigeuner kam. Ivan starrte die wilden Tiere auf der Lichtung an. Der Löwe fing an zu zittern, und Piper fror ihn erneut ein.

»Was habt ihr getan?«, schrie Ivan. »Was machen Sie da?« Er stürzte sich auf Piper.

»Zurück!« Prue deutete mit einem Finger auf ihn und schleuderte ihn rücklings ins Gebüsch. Dann drehte sie sich zu ihren Schwestern um. »Jetzt!«, schrie sie.

Die drei Halliwells fassten einander bei den Händen und rannten davon.

Bitte folgt uns nicht, betete Piper in Gedanken. Sie glaubte nicht, dass ihre Energie noch stark genug war, sich erneut mit diesen Bestien anzulegen.

Sie und ihre Schwestern rannten, so schnell sie konnten, und sie wagten es nicht, sich auch nur umzublicken. Prue führte Piper und Phoebe durch die am wenigsten bevölkerten Bereiche auf dem Zirkusgelände. Menschen, Buden, die ganze Szenerie flog in einem verschwommenen Nebel an Piper vorüber.

Niemand sprach auch nur ein Wort, bis sie in Prues Wagen saßen. Kaum waren sie angeschnallt, lenkte Prue den Wagen aus der Parklücke und schlug den Weg nach Hause ein.

»Glaubst du mir jetzt?«, erkundigte sich Phoebe aufgebracht. »Ivan bringt uns nur Ärger.«

»Es sieht tatsächlich so aus«, gab Prue zu.

Piper war die Enttäuschung im Ton ihrer Schwester nicht entgangen. Sie wusste, wie schwer es war, zu erkennen, dass jemand, dem man sein Vertrauen geschenkt hatte, nicht der war, der er zu sein vorgegeben hatte. Nicht nur, dass es wehtat, es weckte auch Zweifel am eigenen Urteilsvermögen, und das war immer ein mieses Gefühl.

»Ich glaube, diese Tiere waren mit irgendeinem Antihexen-Zauber belegt«, stellte Piper fest. »Wahrscheinlich ein ziemlich allgemein gehaltener Bann. Deshalb hat er meine Kraft auch nicht vollständig abwehren können, aber er hat vollkommen gereicht, meine Technik zu behindern.«

»Ivan wusste nicht genau, vor welcher Art Magie er sie schützen muss«, sagte Phoebe. »Nicht jeder Deckel passt auf jeden Topf.«

»Aber worauf ist er aus?«, überlegte Prue laut. Sie drehte das Lenkrad bis zum Anschlag und bog in die Einfahrt zu ihrem Haus ein. »Was kann er vorhaben?«

Phoebe zuckte die Schultern. »Was jeder Dämon und jeder Hexenmeister will. Unseren Tod.«

Piper warf Phoebe einen warnenden Blick zu und beugte sich zu Prue vor. Manchmal konnte Phoebe wirklich ein bisschen arg unsensibel sein.

»Was denn?«, konterte Phoebe. »Ich weiß, das klingt hart, aber es ist die Wahrheit.«

Prue seufzte und stellte den Wagen ab. »Tut mir Leid, Leute. Sieht aus, als hätte ich uns alle in Gefahr gebracht. Er hat nur so ... so gar nichts von einem Hexenmeister an sich.«

»Ich weiß, Schwesterherz«, sagte Piper mitfühlend. »Und bisher wissen wir noch gar nicht, was da überhaupt vor sich geht. Es ist immer noch möglich, dass Ivan selbst das Opfer irgendeines Fluches ist.«

»Ich bin nur froh, dass sich meine Vision nicht bewahrheitet hat.« Phoebe kletterte aus dem Auto. Piper und Prue folgten ihr den Weg zur Haustür hinauf.

»Nur eine ist wahr geworden«, erinnerte sie Prue. »Das Feuer.«

»Diese Haarbürste muss Miranda gehört haben«, erkannte Phoebe. »Statt Miranda zu sehen, war es vielmehr, als wäre ich sie gewesen.« Sie schauderte. »Die Arme. Was für ein schreckliches Ende.«

Piper fragte sich, ob Ivan für diesen tragischen Todesfall verantwortlich war, und aus Prues Gesichtsausdruck schloss sie, dass ihre Schwester die gleichen Überlegungen anstellte.

»Jedenfalls dürften diese Fotos einige unserer Fragen beantworten«, sagte Prue schließlich. »Zumindest, was die magische Kraft seiner Violine betrifft.«

Prues Ton verriet deutlich, wie sehr sie sich bemühte, sich ihren Schmerz und ihre Sorge nicht anmerken zu lassen. Sie arbeitete heftig daran, sich als die starke, tüchtige Prue zu zeigen.

»Dann an die Arbeit«, sagte Piper. Sie wusste, dass Prue sich besser fühlen würde, wenn sie etwas zu tun hatte.

Sie gingen hinunter in die Dunkelkammer. Während sie warteten, bis die Vergrößerungen entwickelt waren, erzählten Piper und Phoebe ihrer Schwester, was sie am Vortag aus dem *Buch der Schatten* in Erfahrung gebracht hatten.

»Dann könnte Ivan demnach seine Kräfte durch seine Violine bündeln?«, fragte Prue.

»Oder die Violine verfügt über eigene Magie und benutzt sie, um Ivan gefügig zu machen«, erläuterte Piper. Beinahe wünschte sie sich, sie hätte geschwiegen. Der Hoffnungsschimmer, der in Prues Augen aufflackerte bei dem Gedanken, Ivan könne vielleicht doch unschuldig sein, ließ keinen Zweifel daran, wie sehr diese Situation Prue belastete.

»Auf jeden Fall müssen wir herausfinden, was diese Symbole bedeuten«, fuhr Piper fort. »Wie sie zusammenwirken, um die spezielle Magie dieser Violine zu erzeugen. Nur so können wir feststellen, was wir tun müssen, um ihn aufzuhalten.«

Prue ging unruhig in der Dunkelkammer auf und ab, während sie ungeduldig auf die Entwicklung der Abzüge wartete. Ihr Blick wanderte immer wieder zwischen der Schale mit den Fotochemikalien und dem Zeitmesser hin und her.

»Kann man den Prozess nicht irgendwie beschleunigen?«, fragte Phoebe. »Sie müssen ja nicht perfekt werden. Schließlich haben wir nicht vor, sie der Presse zu verkaufen.«

»Doch, sie müssen perfekt sein«, konterte Prue. »Wir dürfen nicht riskieren, irgendeines der Symbole falsch zu interpretieren, nur weil die Abzüge unscharf sind.«

»Du hast ja Recht«, sagte Phoebe seufzend. »Zu schade, dass ich keinen Zauberspruch kenne, um die Sache voranzutreiben.«

»Es dauert nicht mehr lange«, versprach Prue. Sie zog die Fotos aus der Entwicklerflüssigkeit, wässerte sie und legte sie in das Fixierbad.

Piper überlegte, was sie über die Magie der Zigeuner gelernt hatten. Da war der Zigeuner-Zombie. Eine Violine, die verschwand und wieder auftauchte. Ein ganzes System verschiedener Liebeszauber. Eine Legende über einen magischen Juwel, der Macht verhieß. Eine Wahrsagerin, die Angst vor Ivan hatte.

Vielleicht hatte Ivan versucht, Olga ihrer Kräfte zu berauben, sinnierte Piper. So, wie so mancher Hexenmeister schon versucht hatte, die Zauberhaften ihrer Kräfte zu berauben. Das würde Olgas Furcht erklären. Auf jeden Fall gab es eine Verbindung zwischen diesen beiden Zigeunern, wenn Piper auch nicht wusste, welche.

»Fertig«, verkündete Prue einige Minuten später. Piper und Phoebe drängten sich um die Schale, als Prue mit einer Pinzette das erste Bild aus der Flüssigkeit zog.

»Gut getroffen«, kommentierte Piper. »Mit diesen Abzügen sollte es uns nicht schwer fallen, die Symbole mit denen im *Buch der Schatten* zu vergleichen.«

Phoebe warf einen Blick in die Schale. »Was sind das da für Bilder?«, fragte sie.

»In Ivans Garderobe ist es mir gelungen, ein paar Bilder von den Schnitzereien auf dem Bogen zu machen«, sagte Prue. »Ich habe sie ebenfalls vergrößert, damit das Muster besser zu erkennen ist.«

Nach und nach zog Prue die Vergrößerungen aus dem Wasserbad und hängte sie zum Trocknen auf. Piper und Phoebe machten sich sofort daran, die Bilder ausgiebig zu studieren.

»Hey, warte mal eine Sekunde!«, murmelte Phoebe.

»Was?«, fragte Piper.

Phoebe hielt einen Abzug mit den Fingerspitzen hoch, sorgsam darauf bedacht, nicht auf die noch feuchte Oberfläche zu fassen. »Das sind Fotos aus Ivans Garderobe?«, fragte sie.

»Ja, da hat er sich auf die Vorstellung vorbereitet«, sagte Prue.

»Geht die Uhr da richtig?«, bohrte Phoebe weiter.

»Das nehme ich an, aber ich habe es nicht überprüft«, entgegnete Prue. »Warum?«

»Auf den Bildern von seinem Auftritt kann man seine Uhr sehen«, sagte Piper. »Willst du die Zeit auf diesen Bildern überprüfen?«

»Ja.« Phoebe trat neben Piper und betrachtete die Aufnahmen.

»Okay, die Uhr in der Garderobe zeigt acht Uhr an«, sagte Phoebe. »Nehmen wir an, sie geht einigermaßen richtig. Auf Ivans Armbanduhr ist es in der Manege zehn Minuten nach acht. Nehmen wir an, auch diese Uhr geht im Großen und Ganzen richtig.«

»Das dürfte stimmen – auf diesem Film ist die jeweilige Uhrzeit vermerkt«, sagte Prue. »Er war in der Kamera für die Action-Bilder.«

»Schön, dann stimmt hier aber etwas ganz und gar nicht«, stellte Phoebe fest. »Weil ich genau weiß, dass Ivan mir um zehn Minuten nach acht direkt ins Gesicht geschrien hat.«

Für einen Augenblick herrschte Stille, während die Schwestern einander vollkommen verblüfft anstarrten und sich fragten, was diese neue Erkenntnis zu bedeuten hatte.

»Ich bin nie von seiner Seite gewichen«, sagte Prue.

»Selbst wenn du nicht dort gewesen wärest, um sein Alibi zu bestätigen«, entgegnete Phoebe, »hätte er nicht genug Zeit gehabt, mir die Leviten zu lesen und trotzdem um zehn nach acht in der Manege zu stehen, es sei denn, Piper und ich hätten beide unsere Uhren falsch gestellt.«

»Lass mich überlegen ...« Prue kniff die Augen zusammen. Piper konnte ihr ansehen, wie sie das Verzeichnis auf ihrer mentalen Festplatte durchging. »Ich habe meine Uhr am Nachmittag nach der in Ivans Garderobe gestellt.«

»Und ich habe dich nach der Zeit gefragt, ehe wir uns getrennt haben«, rief Piper. »Dann habe ich dir gesagt, wie spät es ist!«, fügte sie an Phoebe gewandt hinzu.

»Alle unsere Uhren müssen die gleiche Zeit angezeigt haben wie Ivans«, schloss Phoebe. »Diese Zeiten sind also richtig.«

»Also hat Ivan gleichzeitig in der Manege Violine gespielt und Phoebe in seinem Wohnwagen angeschnauzt«, sagte Piper. Dann sah sie Prue an. »Glaubst du, er ist zu astraler Projektion imstande, so wie du?«

»Kann ich mir nicht vorstellen, aber ich weiß es nicht genau.« Prue zuckte die Schultern. »Ich konnte an ihm die ganze Zeit keine übernatürlichen Fähigkeiten feststellen. Nur an seiner Violine.«

Phoebe ging in dem engen Raum auf und ab. »Hat er vielleicht einen Zwillingsbruder?«

»Wie sollten wir einen Mann übersehen, der da rumläuft und genauso aussieht wie er? Außerdem hätte er das bestimmt erzählt«, sagte Prue. »Er hat viel über seine Familie gesprochen.«

»Und wenn nicht er, dann hätte irgendjemand anderes aus dem Zirkus ihn erwähnt«, fügte Phoebe hinzu. »Die Gerüchteküche da hat es in sich.«

»Vielleicht weiß niemand davon«, meinte Piper. »Ivan eingeschlossen.«

»Willst du damit sagen, es gibt einen zweiten, unbekannten Ivan?« Skeptisch zog Phoebe eine Braue hoch. »Glaubst du, dieser Zwilling ist schuld an Ivans Pechsträhne? Und er ist auch derjenige, dessen Hände ich in meiner Vision an deinem Hals gesehen habe? Klingt ziemlich weit hergeholt.«

»Für mich klingt das nach Jekyll und Hyde«, bemerkte Prue. »So ungern ich das frage, aber kann es sein, dass wir über zwei verschiedene Männer reden?«

»Du hältst den Beweis doch in der Hand«, erklärte Piper. »Wenn er die astrale Projektion nicht beherrscht, muss es wohl zwei geben: einen guten Ivan und einen bösen.«

»Jedenfalls werden wir dieses Rätsel nicht lösen, indem wir hier nur rumstehen. Es ist Zeit für weitere Nachforschungen«, verkündete Phoebe.

»Vielleicht bekommen wir über die Violine neue Hinweise«, bemerkte Prue.

»*Buch der Schatten*, wir kommen!«, rief Phoebe.

Prue sammelte die inzwischen getrockneten Abzüge ein, und die drei Halliwells hasteten hinauf auf den Dachboden.

Piper hatte das schwere Buch kaum berührt, als es sich plötzlich öffnete und eine Seite mit diversen Symbolen aufschlug. »Das nenne ich zeitsparend«, sagte sie und richtete ihre Augen himmelwärts. »Danke.«

»Okay, sehen wir uns die Sache einmal an.« Prue legte die Fotos neben den Illustrationen in dem Buch ab und strich mit dem Finger über die Seite. Eingehend betrachtete sie die einzelnen Abbildungen, ehe sie ihre Schwestern anblickte. »Die Schnitzereien auf dem Bogen sind ein Bannzauber, der dem Musiker Macht über Tiere verleiht.«

»Wow«, kommentierte Phoebe. »Dann verdankt Ivan seine tolle Nummer also tatsächlich seinem Instrument und nicht etwa eigenen besonderen Fähigkeiten. Irgendwie enttäuschend.«

»Das bedeutet auch, dass er die Tiere mit diesem Bogen dazu gebracht haben kann, uns anzugreifen«, fügte Piper hinzu.

»Vielleicht ...«, murmelte Prue, ehe sie sich wieder dem Studium der Symbole widmete. »Die Symbole auf der Rückseite der Violine modifizieren den Bann auf dem Bogen und bereichern ihn um Schutzzauber und Warnungen.«

»Was soll das heißen?«, fragte Phoebe.

»Die Macht über die Tiere ist abhängig vom Charakter des Musikers«, erklärte Prue. Wieder blickte sie zu ihren Schwestern auf. »Das klingt logisch. Die Tiere reagieren auf den sanften, lieben Ivan, den ich kennen gelernt habe.«

»Und dieselben Tiere haben uns angegriffen, weil sie zur Abwechslung auf den bösen Ivan reagiert haben, dem ich begegnet bin?«, hakte Phoebe nach. »Schon möglich.«

»Aber er hatte die Violine nicht bei sich, als die Tiere auf der Lichtung waren«, warf Prue ein.

»Was die Theorie, dass es zwei von seiner Sorte gibt, unterstützt«, entgegnete Piper.

»Ich weiß nicht, wie irgendjemand außer ihm in den Besitz dieser Violine gelangen könnte«, sagte Prue. »Ich war dabei, als Ivan sie im Zirkustresor eingeschlossen hat. Er lässt sie keinen Moment aus den Augen.«

Nun beugte sich Piper über das Buch. »Hier ist etwas. Da steht, die Macht folgt der Violine nur dann, wenn sie freiwillig weitergegeben wird. Anderenfalls kehrt das Instrument immer zu seinem Eigentümer zurück.«

»Das erklärt ihr Wiederauftauchen«, stellte Prue aufgeregt fest. »Jemand muss die Violine entwendet haben, und dann ist sie von selbst zu Ivan zurückgekehrt. Er hatte Angst, jemand hätte sie gestohlen. Er war sogar gerade unterwegs, um sie zu suchen, als sie plötzlich vor meiner Nase aus dem Nichts aufgetaucht ist.«

»Steht noch mehr im *Buch der Schatten?*«, fragte Phoebe.

Piper überflog die Seite. Dann nickte sie. »Wenn der Eigentümer stirbt, geht die Violine mit all ihrer Macht auf das Familienmitglied über, das sie zuerst berührt.«

»Lass sehen«, sagte Phoebe und beugte sich ebenfalls über das schwere Buch.

»Ich schätze, wir haben langsam eine Vorstellung von dem, was da los ist«, sagte Piper, als sie zur Seite trat, um Phoebe Platz zu machen. »Es gibt tatsächlich einen Ivan-Zwilling. Er muss mit ihm verwandt sein, und er ist hinter der Violine her.«

»Steht da noch mehr über Zigeunermagie?«, fragte Phoebe, während sie die Seiten umblätterte. »Oh, da ist noch was.«

»Was denn?«, fragte Prue.

»Etwas über Zigeunermythen«, sagte Phoebe. »Klingt beinahe wie die Texte in meinem Folklorekurs. Größtenteils das, was Ivan dir schon erzählt hat: Liebeszauber, der Roma-Rubin.«

»Der Juwel, der dreifache Macht verleiht«, erinnerte sich Piper. »Olga hat ihn auch einmal erwähnt. Er muss eine große Rolle in der Magie der Zigeuner spielen.«

»Das ist ja alles sehr interessant«, kommentierte Prue, »aber ich mache mir mehr Gedanken darüber, warum irgendjemand sich solche Mühe gibt, an diese Violine zu kommen. Warum sollte irgendein Mensch ein so großes Interesse daran hegen, Tiger zum Tanzen zu bringen?«

»Ich glaube, ich weiß warum.« Phoebe pochte auf die Seite, die sie aufgeschlagen hatte. Piper beugte sich vor und betrachtete das Bild, auf das ihre Schwester deutete.

Ein entsetzliches Monstrum starrte sie aus dem *Buch der Schatten* heraus an. Die Brust der Bestie war die eines Löwen, aber seine Kehrseite erinnerte an eine riesige Echse. Sie hatte zwölf bösartig schimmernde Augen und zwei Reihen gewaltiger Zähne. Mächtige

Hauer ragten aus einem Kopf hervor, der hässlicher war als jeder Drachenschädel, den Piper sich vorstellen konnte. Unter der Illustration war das Wort ›Loriathian‹ zu lesen. Rasch überflog sie den Text, der zu der Abbildung gehörte.

Piper atmete tief durch, ehe sie wieder zu Prue aufblickte. »Er braucht die Violine nicht, um Tiger zu bändigen. Er will den Loriathian beherrschen.«

16

PRUE STARRTE DAS BILD des Loriathian an, eine absolut abscheuliche Kreatur.

»Was ist das für ein Ungetüm, und warum sollte irgendjemand es beherrschen wollen?«, fragte Prue.

»Sieh es dir an«, entgegnete Phoebe. »Würdest du dich mit ihm anlegen wollen?«

»Schon gut«, lenkte Prue ein. »Trotzdem, Piper, worum geht es bei der ganzen Sache?«

Piper wandte sich wieder dem Buch zu. »Lass mal sehen. ›Der Loriathian bewacht den Roma-Rubin in der Astralebene. Um an den Juwel zu gelangen, muss der Loriathian abgelenkt, getötet oder auf andere Weise besiegt werden. Bis heute ist das seit über fünfhundert Jahren niemandem mehr gelungen.‹«

Prue setzte die Puzzlestücke zusammen. »Wer auch immer hinter Ivans Violine her sein mag, will sie dazu benutzen, den Loriathian lange genug zu besänftigen, um den Juwel in seinen Besitz zu bringen.«

»Davon würde ich ausgehen«, sagte Phoebe.

»Und das ist der Ursprung all der Gerüchte über Ivan – seine Pechsträhne wurde von jemandem ausgelöst, der versucht, das Instrument zu stehlen.«

»Oder ihn einzuschüchtern, damit er es ihm überlässt.« Unruhig ging Prue auf und ab, während die einzelnen Puzzleteilchen langsam an die passende Stelle rückten. »Ivan sagte, Olga habe versucht, ihm einzureden, dass die Violine verflucht sei, und sie habe sich bereit erklärt, ihm das Instrument abzunehmen.«

»Auf diese Weise würde die Macht der Violine auf sie übergehen, denn dann hätte er sie freiwillig weitergegeben«, führte Piper Prues Gedankengang fort.

»Olga. Sie ist auch Zigeunerin, und sie weiß alles über den Roma-Rubin«, sagte Phoebe. »Dann steckt sie also hinter all dem.«

»Sie war es auch, die uns losgeschickt hat, um Prue zu suchen, nur dass wir an ihrer Stelle auf ein Rudel hungriger Bestien gestoßen sind«, fügte Piper hinzu. »Ich hatte immer schon so eine Ahnung, dass sie in uns die Zauberhaften erkannt hat. Also hat sie irgendeinen Zauber benutzt, um die Tiere vor unseren Kräften zu schützen, und die haben nur getan, was wilde Tiere nun mal tun – sie sind wild geworden.«

»Aber sie kann es nicht allein gewesen sein«, sagte Prue. »Sie hat jedenfalls bestimmt keine Ähnlichkeit mit Ivan.«

»Ob sie eine Gestaltwandlerin ist?«, fragte Piper.

Prue überlegte einen Augenblick. »Nein, das glaube ich nicht. Ich habe sie in der Nähe der Manege gesehen, als Phoebe von Ivan Nummer zwei im Wohnwagen zusammengestaucht wurde.«

»Also müssen wir herausfinden, wer ihr Komplize ist«, sagte Phoebe. »Wenigstens wissen wir nun, worauf sie aus sind.«

»Ich glaube, einen ihrer Komplizen kennen wir bereits«, setzte Piper hinzu. »Den Zigeuner-Zombie.« Sie erzählte Prue, was sie und Phoebe über die ghulartige Kreatur herausgefunden hatten, die Prue am ersten Tag gesehen hatte und der sie selbst vor kurzem über den Weg gelaufen waren. »Mächtige Zigeuner lassen sich von ihnen die Drecksarbeit abnehmen.«

»Und da kommt eine Menge zusammen«, sagte Prue müde. »Sie haben schon Diebstahl, Nötigung und versuchten Mord auf dem Gewissen.«

»Das Feuer«, erinnerte Phoebe ihre Schwestern. »Sie hatten gehofft, Ivan wäre in dem Wohnwagen, und sie wussten ja, dass der Violine nichts geschehen würde.«

»Aber an seiner Stelle haben sie Miranda umgebracht«, sagte Prue. Plötzlich weiteten sich ihre Augen. »Wir müssen Ivan warnen.« Sie schlug sich mit der flachen Hand an die Stirn. »Oh, nein! Wir haben ihn einfach da liegen lassen. Ich habe ihn ins Gebüsch geschleudert, und wir haben ihn bei den Tieren zurückgelassen.«

»Ich glaube kaum, dass Ivan Probleme mit ihnen hatte«, versuchte Phoebe sie zu beruhigen. »Aber die Sache mit der angehaltenen Zeit und der Telekinese dürfte erklärungsbedürftig sein.«

»Vielleicht war es gut, dass er Zeuge geworden ist, als wir unsere Kräfte eingesetzt haben«, meinte Prue. »Ivan glaubt nicht an Magie, aber jetzt wird ihm nichts anderes mehr übrig bleiben. Möglicherweise hilft es uns weiter, wenn wir ihm erzählen, was da vor sich geht.«

»Und dass er in Gefahr ist«, fügte Piper hinzu. »Jetzt wird er uns vielleicht glauben.«

»Okay, aber durch wen ist er in Gefahr – von Olga abgesehen?«

»Wie hätte uns ein Schönling mit Ivans Gesicht entgehen sollen?«, überlegte Phoebe laut. »Immerhin ein ziemlich bemerkenswertes Gesicht.«

»Wir sind nicht die Einzigen, denen er nicht aufgefallen ist«, stellte Piper fest. »Wenn es im Zirkus einen Doppelgänger von Ivan gäbe, hätte irgendjemand ihn erwähnt.«

Prue dachte an die Zirkustraditionen, über die Kristin in den letzten Tagen geschwafelt hatte. Unter all diesen Nichtigkeiten war etwas ...

Die Antwort traf Prue wie ein Blitzschlag. »Nicht, wenn der Zwilling eine Maske trägt – eine Clownsmaske.«

»Wir müssen zurück zum Zirkus«, stellte Phoebe fest. »Wir müssen Ivan warnen, und wir müssen herausfinden, wer hinter dieser Geschichte steckt, damit wir der Sache ein Ende bereiten können.«

Prue nickte. »Das ist nicht die Art Zigeuner, die ich mit dreifacher Macht ausgestattet sehen möchte.«

»Ihr habt etwas vergessen«, bemerkte Piper. »Olga weiß über uns Bescheid. Sie und ihr Komplize werden auf der Hut sein.«

»Du hast Recht. Und wir wissen ja, wie weit sie zu gehen bereit sind.« Prue nagte nachdenklich an ihrer Unterlippe. »Also, was können wir tun, ohne uns selbst dabei in Gefahr zu bringen?«

Plötzlich blitzten Phoebes Augen auf. »Ich weiß, wie wir uns unauffällig auf dem Zirkusgelände rumtreiben können«, verkündete sie.

Grinsend legte sie einen Arm um Prues Schultern. »Aber es wird dir nicht gefallen, Schwesterherz.«

Prue zupfte an der zum Fürchten aussehenden knallig orangefarbenen Perücke herum und gab sich alle Mühe, sie nicht zu verlieren. Sie war grell weiß geschminkt, trug eine rote Nase und einen großen Schnurrbart. Alle drei Halliwells hatten sich hinter künstlicher Gesichtsbehaarung und unter extrem weiten Klamotten versteckt. Dabei versuchten sie, so männlich wie möglich auszusehen, weil sie wussten, dass Masha der einzige weibliche Clown im Zirkus war. Und sie konnten von Glück reden, dass sie so gut informiert waren, schließlich wollten sie sich nicht schon zu Anfang durch einen dummen Fehler verraten.

»Ich bin alles andere als lustig«, grummelte Prue. Nicht nur, dass sie diese albernen Klamotten tragen musste, sie und ihre Schwestern waren zu allem Überfluss bereits im Morgengrauen beim Zirkus eingetroffen – genauer gesagt, noch vor dem Morgengrauen, wie sie mit einem Blick hinauf zu dem dunklen Himmel feststellen durfte. Ein kaum wahrnehmbarer rosaroter Lichtschein schimmerte eben erst vom Horizont durch die Bäume im Golden Gate Park.

»Wir müssen versuchen, die Clowns ohne Maske zu erwischen«, erinnerte Piper ihre große Schwester. »Und das geht nur, wenn wir sie beim Aufstehen erwischen.«

»Na toll«, murrte Prue. »Dann spielen wir also Voyeure in Clownsmaske.«

»Zumindest werden sie nicht erkennen, wer sie ausspioniert«, sagte Phoebe.

»Eigentlich mache ich mir mehr Sorgen darüber, was *ich* vielleicht zu sehen bekomme, als darüber, dass ich gesehen werden könnte«, erklärte Piper.

Um keine Aufmerksamkeit zu erregen, stellten sie den Wagen möglichst weit entfernt vom Parkplatz ab. Als sie bald darauf um die Wohnwagen herumschlichen, die das Clownlager begrenzten, hielt Prue ihre Schwestern plötzlich fest. »Wartet«, flüsterte sie. Dann zerrte sie Phoebe und Piper hastig ins Gebüsch.

Eine Gestalt trat vor ihnen zwischen den Bäumen hervor. Sie trug eine eng anliegende schwarze Hose und Stiefel, genau wie Ivan.

Offenbar hatte er einen Zweig krachen gehört oder war sonstwie auf sie aufmerksam geworden, denn plötzlich drehte er sich um – und Prue starrte direkt in Ivans Gesicht.

Glücklicherweise schien er die Halliwells nicht zu sehen.

»Welcher ist er?«, flüsterte Phoebe.

»Das werde ich herausfinden«, entgegnete Prue. »Ihr folgt ihm und seht nach, in welchen Wohnwagen er steigt. Egal, was passiert, verliert ihn nicht aus den Augen.«

»Alles klar.« Phoebe nickte. Zusammen mit Piper schlich sie so schnell und leise wie möglich durch das Gestrüpp.

Prue schloss die Augen. Sie konzentrierte sich, so sehr sie nur konnte, und stellte sich vor, sie wäre in Ivans Behelfsquartier, da sein Wohnwagen den Flammen zum Opfer gefallen war. Mr. Amalfi hatte Ivan erlaubt, im Gerätewagen am anderen Ende des Geländes zu übernachten.

Sie sammelte ihre Energie und sandte eine astrale Projektion aus. Einen Augenblick später blickte sie auf einen schlafenden Ivan hinab. Er lag auf einer Matratze auf dem Boden, umgeben von Kabeln und anderen Elektroteilen.

Es sind zwei, dachte Prue hoch erfreut. Ich hatte Recht – dieser Ivan ist ein süßer, liebenswerter Mensch ohne eine böse Ader im Leib.

Und was für ein Leib.

Sie konnte nicht anders, sie streckte die Hand aus und zog die Decke über seine entblößte Brust. Er musste sie im Schlaf weggeschoben haben. Leise vor sich hin murmelnd drehte er sich auf die Seite.

»Besser, ich verschwinde, ehe ich in Schwierigkeiten gerate«, stellte Prue flüsternd fest.

Wieder sammelte sie ihre Konzentration und transportierte sich zurück in ihren Körper. Ein wenig benommen fand sie sich im Gebüsch wieder. Manchmal fragte sie sich, ob sie sich je an die Gabe astraler Projektion würde gewöhnen können. So sehr sie diese Fähigkeit zu schätzen wusste, fand sie es doch jedes Mal wieder beunruhigend, ihren Körper zu verlassen. Umso mehr, da dieser Körper gerade als Clown verkleidet war.

Piper und Phoebe waren nirgends zu sehen. Prue nahm an, dass sie immer noch dem Ivan-Doppelgänger folgten. Sie kroch aus dem Gebüsch hinab und hastete an den Wohnwagen im Clownlager entlang, in der Hoffnung herauszufinden, welchen Weg ihre Schwestern genommen hatten.

Eine Wohnwagentür flog auf, und ein großer, kahlköpfiger Mann mit einer langen, spitzen Nase trat heraus und streckte sich. Einen Augenblick später folgte ihm eine füllige Frau mit kurzem schwarzen Haar.

Das muss der Wohnwagen von Kaboodle und Masha sein, dachte Prue.

Oh-oh. Erwischt. »Hallo«, sagte Kaboodle. »Du bist früh auf.«

Prue wusste, dass ihre Stimme verraten würde, dass sie eine Frau war, also winkte sie nur kurz und nickte den beiden zu, ehe sie hastigen Schrittes weiterlief, um den Wohnwagen der beiden Clowns möglichst schnell hinter sich zu lassen.

Kaboodle musterte Prue wachsam. »Das ist ein neues Kostüm«, stellte er fest. »Arbeitest du an einer neuen Rolle?«

Prue nickte.

Seine Brauen rückten zusammen. »Du solltest erst mit dem Zirkusdirektor und mir sprechen, ehe du deine Nummer änderst.«

Prue wedelte mit der Hand, als wollte sie ihn beschwichtigen.

»Ach, vermutlich will er einfach, dass alles perfekt ist, ehe er euch die Nummer vorführt«, warf Masha zu Prues Verteidigung ein.

Prue legte einen Finger an die Nase, deutete auf Masha und nickte.

»Siehst du?«, sagte Masha. »Also hör auf, den Diktator zu spielen.«

Prue war heilfroh, dass ihre Pantomimennummer weder Masha noch Kaboodle misstrauisch gemacht hatte. Offenbar hatten die verrückten Eigenheiten der Clowns auch ihre Vorzüge.

»Mir ist nun einmal die Qualität jeder einzelnen Nummer wichtig«, protestierte Kaboodle.

Masha schnaubte. »Dir ist wichtig, selbst wichtig zu sein«, konterte sie. »Wir wissen alle, dass du hier der Boss bist, und jetzt lass dem armen Jungen seine künstlerische Freiheit.« Sie machte kehrt und verschwand wieder in dem Wohnwagen.

»Das ist nicht fair«, beklagte sich Kaboodle. Dann folgte er seiner Frau und warf die Tür hinter sich ins Schloss.

Prue hatte ein schlechtes Gewissen, weil sie einen Streit zwischen den beiden ausgelöst hatte, aber ihr blieb keine Zeit, noch länger darüber nachzudenken. Sie und ihre Schwestern mussten einem verbrecherischen Zigeuner das Handwerk legen – ehe es zu spät war.

Warum waren die Zigeuner so sehr an der dreifachen Macht durch den Roma-Rubin interessiert? Gehörte das alles zu einem Machtkampf untereinander? Ivan hatte ihr erzählt, dass die verschiedenen Sippen so manches Mal untereinander in Streit gerieten. Bedeutete der Besitz dieses Rubins auch die Macht über alle Zigeuner?

Und wenn das der Fall war, war das dann auch schon alles? Oder verfolgten sie größere, universellere Pläne. Immerhin kannten diese Leute offensichtlich keine Skrupel.

Glücklicherweise wurde sie schon bald von ihren Überlegungen erlöst – und von ihrer Suche. Zwei Clowns in vertrauten Kostümen kamen ihr entgegen.

»Ivan hat tief und fest geschlafen!«, platzte Prue heraus.

»Da freut sich aber jemand über Ivans Unschuld«, stellte Piper fest.

»Habe ich euch nicht gesagt, er ist nicht böse?«, sagte Prue.

»Wahrscheinlich freut sich Prue nur, dass sie Recht behalten hat«, stichelte Phoebe. »Sie kann es einfach nicht leiden, im Unrecht zu sein.«

»Und wann sollte das jemals der Fall gewesen sein?«, konterte Prue mit einem gehässigen Grinsen.

»Hör auf, oder wir werfen dir Torten ins Gesicht«, witzelte Piper.

»Zumindest sind wir angemessen gekleidet«, sagte Phoebe. »Okay, nun haben wir lange genug darüber diskutiert, wie wunderbar es doch ist, das dein Typ nicht derjenige ist, den wir suchen.«

»Und wer das ist, wissen wir jetzt auch«, sagte Piper. »Es ist dieser neue Clown, Sacha. Wir sind ihm bis zu seinem Wohnwagen gefolgt.«

»Und rate mal, wer bei Sonnenaufgang dort aufgetaucht ist«, fügte Phoebe hinzu.

Prue verschränkte die Arme vor der Brust. »Olga«, stellte sie zufrieden fest.

»Du hast es erraten«, bestätigte Phoebe. »Die beiden stecken unter einer Decke.«

»Sie sind sogar verwandt. Ivan, ich meine Sacha, hat sie Mama Olga genannt«, berichtete Piper.

»Verrückte Vorstellung, dass zwei verschiedene Frauen jeweils einen Zwilling zur Welt gebracht haben sollen«, stellte Prue fest.

»Seit wir Hexen geworden sind, hat das Wort ›verrückt‹ für mich eine andere Bedeutung bekommen«, stellte Phoebe fest. »Aber darüber können wir uns später unterhalten. Das ›Wer‹ haben wir geklärt, jetzt sollten wir uns um das ›Was‹ kümmern.«

»Wie in: ›*was* machen wir jetzt?‹«, stimmte Prue zu.

»Und die Antwort lautet ...?«, fragte Piper.

Frustriert fuhr sich Prue mit den Fingern durch das Haar, bis ihr bewusst wurde, dass sie sich in orangerotem Garn verhedderte. »Ich denke, wir sollten Ivan alles erzählen. Vielleicht kann er uns mit seinem Zigeunerwissen weiterhelfen.«

»Jetzt muss er wohl oder übel doch an Magie glauben«, bemerkte Phoebe.

»Außerdem müssen wir damit rechnen, dass es weitere Anschläge auf sein Leben geben wird«, sagte Prue. »Alle anderen Versuche sind schließlich fehlgeschlagen – weder der Zombie noch der Diebstahl waren erfolgreich.«

Piper erschauderte. »Und seine Gegner sind bestimmt nicht gewillt, einfach so aufzugeben.«

»Dann lasst uns zu Ivans Wohnwagen gehen«, sagte Prue. Sie sah betrübt an sich hinab. »Ich wünschte nur, er würde mich nicht so zu Gesicht bekommen.«

»Solange wir auf diesem Gelände sind, müssen wir unsere Tarnung aufrechterhalten«, bestimmte Phoebe. »Vergesst nicht, dass Olga und Sacha vermutlich auch hinter uns her sind.«

»Ich weiß, ich weiß, du hast ja Recht.« Prue warf sich in Pose. »Und, sehe ich nicht sexy aus?«

Piper und Phoebe wechselten einen raschen Blick. »Nein«, sagten sie dann wie aus einem Munde.

»Du könntest das Attribut ›niedlich‹ erringen, wenn du als Lumpen-Annie oder Lumpen-Andy durchgehen willst«, spottete Piper.

Prue ging den Weg zu Ivans Wohnwagen am anderen Ende des Geländes voran. Inzwischen war die Sonne ganz aufgegangen, und zum ersten Mal wurde ihr bewusst, wie früh die Arbeit beim Zirkus losging. Schon jetzt waren viele Zirkusleute auf dem Weg zum Küchenwagen, und die Arbeiter hatten sich bereits im Zelt versammelt, um die Bespannung zu prüfen.

»Puh. Ich habe mir gerade überlegt, ich werde doch nicht mit dem Zirkus durchbrennen«, verkündete Phoebe. »Die Leute hier stehen für meinen Geschmack viel zu früh auf.«

Die Schwestern passierten Buden, die schon jetzt für den späteren Ansturm zurechtgemacht wurden. Niemand nahm auch nur die geringste Notiz von ihnen, und Prue stellte zufrieden fest, dass ihre Tarnung hervorragend funktionierte.

»Schön, dass ihr schon so früh zur Probe erscheint«, rief eine Stimme, als sie das Zirkuszelt erreicht hatten.

»Redet der mit uns?«, flüsterte Piper ihren Schwestern zu.

»Geh einfach weiter und halte den Kopf nach unten«, sagte Prue.

Plötzlich kreuzten etliche Clowns mit allerlei Requisiten ihren Weg. »Hi«, grüßte einer von ihnen. »Falls ihr auf der Suche nach einem Frühstück seid, vergesst es.«

»Kaboodle hat dafür gesorgt, dass der Koch uns während der Proben nichts gibt«, beklagte sich ein kleinwüchsiger Clown, der mit mehreren Bällen jonglierte.

»Versucht gar nicht erst, euch davonzuschleichen«, sagte der erste mit leiser Stimme. »Kaboodle ist nur zwei Schritte hinter euch. Mann, der Kerl ist ein echter Leuteschinder.«

Inzwischen jonglierten alle fünf Clowns vor ihren Nasen mit diversen Gegenständen. Innerlich Abbitte leistend nutzte Prue ihre telekinetischen Fähigkeiten, um die Requisiten in alle Richtungen zu verstreuen.

»Lauft!«, schrie sie. Dann rannte sie los und kollidierte mit einem Clown auf einem Einrad, der wiederum auf Kaboodle stürzte.

»Das sollte sie ein paar Minuten beschäftigen«, keuchte sie, als sie ihre Schwestern eingeholt hatte.

»Sie werden sich kaum erklären können, wie das passiert ist«, stellte Phoebe fest.

»Bis sie ins Zelt gehen, haben sie das bestimmt schon in eine neue Nummer eingearbeitet«, versicherte ihr Prue.

Ohne weitere Zwischenfälle erreichten sie Ivans provisorische Unterkunft, und Prue stellte fest, dass das Dasein als Clown mit beachtlicher Anonymität einherging.

Prue klopfte an die Tür des Wohnwagens. »Herein«, erklang eine schlaftrunkene Stimme.

Prue, Piper und Phoebe betraten den Wohnwagen, der mit Beleuchtungsteilen, Kabelrollen und Werkzeug vollgestopft war. Ivan saß in Jeans und T-Shirt auf der Matratze und zog die Brauen hoch, als er seine Besucher erblickte.

»Kann ich Ihnen helfen?«, erkundigte er sich.

»Ivan, ich bin's«, sagte Prue. »Prue.«

Ivans große braune Augen musterten sie von Kopf bis Fuß, und sie wünschte sich von Herzen, sie hätte die Tatsache, dass sie eine Frau war, nicht zusammen mit ihrer Identität tarnen müssen. Dann hätte sie zumindest ein Kostüm wählen können, in dem sie noch ein bisschen sexy wirkte.

Ivan brach in Gelächter aus. »Habt ihr euch alle mit dem Zirkusvirus infiziert? Wir haben ein paar solcher Fälle in jeder Stadt, in der wir gastieren.«

»Nein, das ist es nicht«, widersprach Prue. »Es geht um eine sehr ernste Angelegenheit.« Sie blickte an sich hinunter. »Trotz unserer äußeren Erscheinung.«

Prue erzählte ihm alles, was sie wussten: von dem Roma-Rubin, dem Zombie, den Versuchen, Ivans Violine zu stehlen oder ihn umzubringen. Und von den magischen Kräften seines Instrumentes.

Das war der schwierigste Teil der Geschichte. Schwieriger, als ihm klarzumachen, dass es Leute gab, die ihn ermorden wollten. Oder dass Prue und ihre Schwestern Hexen waren. Während der ganzen langen Geschichte mit all ihren aufwühlenden Enthüllungen und den Unterbrechungen durch ihre Schwestern, spiegelte sich in Ivans Miene nur Offenheit und Verständnis.

Nun aber breitete sich ein finsterer Ausdruck auf seinen Zügen aus, und er sah Prue tief in die Augen. »Soll das heißen, die Magie der Violine ist für alles verantwortlich?«, fragte er leise. Prue fühlte einen Stich im Herzen, als sie den Schmerz und die Verunsicherung in seinem Gesicht erkannte. »Ich ... ich habe damit gar nichts zu tun?«

Sie ergriff seine Hand. »Sagen Sie so etwas nicht. Ihre Musik ist wundervoll.«

Ivan stand auf und wandte sich von den Schwestern ab. »Vielleicht ist das ja gar nicht meine Musik. Vielleicht ist sie auch ein Produkt der Violine. Und mein Gespür für die Tiere ... alles nur ein ganz einfacher Trick.«

»Magie ist niemals einfach«, widersprach Phoebe. »Sie können uns glauben – wir haben es am eigenen Leib erfahren.«

»Außerdem habe ich Sie schon zusammen mit ihren Tieren erlebt, wenn Sie nicht auf der Violine gespielt haben. Sie gehen wirklich geschickt mit ihnen um«, versicherte ihm Prue.

Ivan zog den Kopf ein und ließ die Schultern hängen. »Trotzdem könnte es nur eine weitere Wirkung des Zaubers sein. Sie haben selbst zugegeben, dass sie nicht genau wissen, wie die Violine funktioniert.«

»Hören Sie, ich weiß, Sie fühlen sich mies und so«, unterbrach Phoebe. »Aber wir müssen uns um wichtigere Dinge kümmern, und zwar schnell.«

Ivan atmete tief durch und drehte sich wieder zu ihnen um. »Sie wissen, dass ich nie an die ganzen alten Geschichten geglaubt habe. Aber ich weiß, was ich gestern Nacht mit eigenen Augen gesehen habe.« Er rieb sich die Kehrseite. »Und gefühlt, als ich im Gebüsch gelandet bin.«

»Tut mir Leid«, sagte Prue.

Er lächelte traurig. »Sie haben das Richtige getan, schließlich wollten Sie nur ihre Schwestern beschützen. Und Sie hatten keinen Grund anzunehmen, ich wäre nicht der Mann aus der Vision.«

»Na ja, falls es Ihnen weiterhilft«, mischte sich Phoebe ein, »Prue war immer auf Ihrer Seite. Außer vielleicht in dieser einen Minute im Wald.«

Ivan ergriff Prues Hand mit beiden Händen. »Ich danke Ihnen«, sagte er.

Prue wünschte sich von Herzen, sie könnte den Schmerz vertreiben, den ihm ihre Offenbarungen verursachten. Sie hasste den Gedanken, dass sie es war, die ihm den Glauben an sein eigenes Talent geraubt hatte. Und jetzt musste er sich mit so vielen erschrekkenden Neuigkeiten abfinden, ohne dass man ihm Zeit ließ, diese auch zu verarbeiten. Sogar sein Erbe war plötzlich in Frage gestellt. Seine eigenen Eltern hatten den Legenden keinen Glauben geschenkt, und nun war er in eine der gefährlichsten davon verstrickt.

Ivan nickte entschlossen und wandte sich zu Phoebe um. »Sie haben Recht«, sagte er, und neue Kraft und Entschlossenheit schlugen sich in seiner Stimme nieder. »Wir müssen uns um wichtigere Dinge kümmern.«

»Fällt Ihnen irgendetwas ein, vielleicht eine Legende, die uns weiterhelfen könnte?«, fragte Piper. »Etwas über den Loriathian oder den Roma-Rubin?«

»Oder wieso Sie einen Zwillingsbruder haben?«, fügte Phoebe hinzu.

Ivan lehnte sich an ein hohes Metallregal und schüttelte den Kopf.

»Was genau verbindet Sie mit Olga?«, fragte Prue.

»Nichts, soweit ich weiß, außer dass wir den gleichen Dialekt sprechen. Sie könnte eine entfernte Verwandte von mir sein.«

»Denken Sie nach, Ivan«, drängte Prue. »Wir brauchen unbedingt noch ein paar Hinweise.«

Seine Miene umwölkte sich. »Es gibt einen Aberglauben unter den

Zigeunern, der besagt, dass Zwillingsbrüder nicht gemeinsam aufwachsen dürfen.«

»Das würde einiges erklären«, sagte Phoebe.

Verwirrung spiegelte sich in Ivans Zügen. »Aber ich kann mir nicht vorstellen, dass meine Eltern den alten Gepflogenheiten gefolgt sind.«

»Vielleicht war es das, was sie gegen den Aberglauben und die Legenden aufgebracht hat, dass sie ihr Baby abgeben mussten«, mutmaßte Prue vorsichtig. »Für mich wäre das bestimmt ein Grund, Familientraditionen in Frage zu stellen.«

Ivan nickte langsam. »Sie könnten Recht haben. Außerdem würde das erklären, warum Olga überhaupt von der Violine wusste.«

»Also, was tun wir?« Prue sah erst ihre Schwestern und dann Ivan erwartungsvoll an.

Und was sie sah, verschlug ihr den Atem.

Ivan flimmerte. Die Konturen seines Körpers verschwammen vor ihren Augen. Energiestrudel wirbelten um ihn herum.

»Ivan!«, schrie sie.

Ein Tosen erfüllte den Raum, als würde das Weltengefüge aufreißen. Wind peitschte durch den Wohnwagen und schleuderte allerlei Gegenstände durch die Luft.

»Was ist passiert?«, kreischte Piper, während sie den Kopf einzog, um einem fliegenden Stativ auszuweichen.

»Ich weiß es nicht!«, brüllte Prue.

»Ivan verschwindet!«, schrie Phoebe.

»Wenn er geht«, entgegnete Prue, »dann gehe ich mit.«

Prue schickte eine Astralprojektion ihrer selbst in den Energiestrudel, der Ivan gefangen hielt, und ergriff seinen Arm.

Einen Augenblick später fand sie sich treibend wieder, treibend in etwas, das nach Prues Empfinden nur die Astralebene sein konnte.

Die Heimat des Loriathian.

17

Unheimliche Lichter pulsierten um Prue herum. Sie hatte das Gefühl zu schwimmen, aber sie bewegte sich nicht. Alles schimmerte irgendwie. Der Anblick wäre sogar wunderschön gewesen – so, als befände sie sich in einem Kokon aus Sternenlicht –, wenn Prue nicht so furchtbare Angst gehabt hätte. Nirgends schien es ein Auf oder Nieder zu geben, kein Links oder Rechts, einfach gar nichts.

Nichts außer Ivan, Sacha und Olga.

Und dem Loriathian.

Die gewaltige, abscheuliche Kreatur lag gleich jenseits dieses schimmernden Nichts. Seine zwölf Augen glühten in verschiedenen Farben, und keine von ihnen war angenehm. Rasiermesserscharfe Zähne ragten über die Lefzen hinaus, und die gespaltene Zunge züngelte in unruhigem Rhythmus aus dem Maul hervor. Er war sich ihrer Anwesenheit bewusst und auf der Hut, dennoch war nicht zu übersehen, dass er wartete, um zu sehen, was sie tun würden.

»Was habt ihr hier zu suchen?«, schrie Olga Prue und Ivan an, aber ihr Mund bewegte sich nicht. Prue nahm an, dass sie auf der Astralebene alle über telepathische Fähigkeiten verfügten.

»Wir werden Sie aufhalten!«, dachte Prue folglich.

Olgas Gelächter war so hässlich wie bösartig und jagte sonderbare Wellen über die astrale Ebene. Prue erkannte, dass sie sich dringend den Gegebenheiten anpassen musste, wenn sie in irgendeiner Form auf ihre eigenen Kräfte zurückgreifen wollte.

Versuchsweise bewegte sie ihren Arm. Glühende Energiepartikel wichen ihrer Bewegung aus.

»Warum?«, fragte Ivan klagend. »Sag mir nur, warum.« Er sah zu Sacha hinüber. »Und wer bist du? Warum sehen wir uns so ähnlich?«

»Komm, und lerne deinen Bruder kennen, Ivan«, höhnte Olga.

Ivan trieb rückwärts, als hätten ihre Worte ihn fortgestoßen. Prue streckte den Arm aus und legte ihm eine Hand auf die Schulter. Sofort ergriff er sie und hielt sich an ihr fest.

Durch ihre Hand sandte sie das Gefühl von Stärke und Entschlossenheit, in der Hoffnung, ihm so beistehen zu können. Ihre Hand in der seinen wurde wärmer, und schon nach wenigen Augenblicken fühlte sie, wie sein Griff weniger krampfhaft, dafür aber umso kräftiger wurde.

»Ich denke, es ist besser für dich, wenn du die Wahrheit erfährst«, sagte Olga zu Ivan. »Du könntest dich für uns noch als nützlich erweisen.«

Ihr langes Haar umrahmte ihren Kopf, schwerelos in der Astralebene treibend. Als sie den Kopf zurückwarf, breiteten sich um sie herum schimmernde Wellen aus. Prue beobachtete jede Regung der Frau und versuchte die Energien zu begreifen, die sie alle umfluteten.

»Wie es die Tradition unserer Familie verlangt«, erklärte Olga, »wurdet ihr, da ihr Zwillinge seid, nach der Geburt getrennt. Ich, eine entfernte Verwandte, nahm Sacha bei mir auf. Das hat deiner närrischen Mutter das Herz gebrochen.«

Olgas Lippen verzogen sich zu einem scheußlichen, gönnerhaften Hohnlächeln. Prue fühlte, wie Ivan sich vor Schmerz und Zorn verspannte. Bleib ruhig. Lass sie nicht an dich heran, beschwor Prue ihn in Gedanken.

»Mir dagegen hat es das Herz gebrochen, dass Sacha sein rechtmäßiges Erbe vorenthalten wurde«, fuhr Olga fort. »Sie haben diese Violine an dich vergeudet. Du hast ihre Macht nie begriffen. Deine Familie hat der schwarzen Kunst den Rücken gekehrt, aber meine nicht. Deine Eltern haben ihre Gabe verleugnet und wurden zu lächerlichen Schaustellern. Wir aber haben viele Generationen daran gearbeitet, unsere magischen Künste zu vervollkommnen. Wir haben diese Violine verdient. In deinen ungeschickten Händen dagegen ist sie nutzlos.«

Prue sah sich erneut nach dem Loriathian um. Er hatte sich immer noch nicht gerührt, aber sie konnte seine gezügelte Macht spüren. Er wartete auf den richtigen Augenblick, und Prue wusste, dass sie das Gleiche tun musste.

Sie betrachtete Sacha. Er hatte noch keinen Ton von sich gegeben. Offenbar stand er vollkommen unter Olgas Pantoffel. Sie fragte sich, ob Olga sich je für ihn interessiert hatte oder ob sie ihn nur wegen der Violine aufgezogen hatte.

Olgas Miene veränderte sich. Ein verschlagener, berechnender Ausdruck schimmerte in ihren Augen. »Bis jetzt, jedenfalls«, krächzte sie. »Aber nun bekommst du die Chance, die Violine ihrer wahren

Bestimmung zuzuführen – die Macht zu vergrößern. Du wirst die Violine spielen und den Loriathian besänftigen, damit ich den Roma-Rubin in meinen Besitz bringen kann.«

»Vergiss es!«, schnappte Ivan.

»Ich will den Rubin!«, kreischte Olga. »Ich will nicht länger die arme Verwandte sein. Wenn ich meine Macht erst verdreifacht habe, wird die ganze Familie zu mir aufschauen müssen. Niemand wird mich noch aufhalten können. Ihr werdet schon sehen.«

»Nein«, verkündete Ivan mit aller Entschlossenheit. »Ich werde dir nicht helfen!«

Er streckte Sacha die Violine entgegen. »Nimm sie. Ich überlasse sie dir freiwillig. Ich will mit dieser Sache nichts zu tun haben. Soweit es mich betrifft, könnt ihr euch den Juwel holen.«

»Nein!«, protestierte Prue, entsetzt über Ivans Handlungsweise. »Sie dürfen den Rubin nicht bekommen. Sie sind gefährlich!«

»Schweig!«, knurrte Olga. »Er tut das Richtige. Außerdem kann er sich nicht gegen uns stellen. Sacha ist Ivans nächster Verwandter. Also muss ich weiter nichts tun, als Ivan töten, dann wird die Violine so oder so uns gehören.«

»Danke, Bruder«, sagte Sacha und entriss Ivan Bogen und Violine. In seiner Stimme war keine Spur von Ivans Wärme zu hören.

»Spiel, mein Sohn«, befahl Olga. »Spiel, und bring mir, was mir gehört!«

Sacha nickte. Er hob den Bogen und näherte sich dem Loriathian. Dann begann er zu spielen.

Unsägliche Wut stieg in Prue auf. Jede einzelne Note schien einen neuen grausamen Gedanken in ihr zu wecken.

Sacha spielte nicht schlecht; die Noten waren rein und klar. Aber sie riefen schaurige Bilder herbei, und Prues Körper erbebte unter der finsteren Bösartigkeit der Melodie.

Der Loriathian öffnete das Maul und brüllte. Seine Hauer richteten sich auf, und er fuhr seine löwenähnlichen Krallen aus. Gequält röhrte der Loriathian auf, und der Klang seines Gebrülls jagte energetische Splitter über die gesamte Astralebene. Sein Drachenkopf zuckte rhythmisch im Takt der Musik.

Plötzlich wurde Prue klar, was passiert war, und ihr Herz pochte heftig unter dem Einfluss dieser neuen Erkenntnis. Sie begreifen nicht, dachte Prue. Die Violine spiegelt die Seele des Musikers wider.

Sachas Seele ist finster und böse. Seine Musik wird die Bestie nicht besänftigen – sie wird sie wütend machen.

Der Loriathian hob eine schwere Vorderpfote. Gift troff aus seinen Krallen. Und Ivan stand in seiner Reichweite.

Prue konzentrierte sich und schleuderte Ivan von der Bestie fort, wobei ihr auffiel, dass sich ihre magischen Kräfte auf der astralen Ebene in Form glitzernder Energiebälle manifestierten, und diese leuchtenden Sphären schoben Ivan außer Reichweite. Kaum hatten sie ihre Aufgabe erfüllt, lösten sie sich in einem Nebel wirbelnder Funken auf.

Der Loriathian brüllte wieder. Sacha spielte schneller. Offenbar dachte er, die Violine würde ihre Kraft noch entfalten. Stattdessen erzürnte Ivans böser Zwilling die Bestie nur noch mehr. Konvulsivische Zuckungen erschütterten den reptilienähnlichen Teil ihres widerwärtigen Leibes, ganz so als würde Sachas Spiel ihr körperliche Schmerzen bereiten. Wieder hob der Loriathian eine Pranke, um nach Sacha zu schlagen.

»Nein!«, kreischte Olga. Dann fing sie plötzlich in einer Sprache zu singen an, die Prue nicht verstehen konnte. Hastig zog Olga Kräuter aus einem Beutel hervor, den sie an einem Band um den Hals trug, und schleuderte sie dem Loriathian entgegen. Feuerbälle entstanden wie aus dem Nichts, ähnlich der leuchtenden Sphären, die Prues Magie geschaffen hatte. Olgas Singsang wurde intensiver, und die Feuerbälle flogen auf den Loriathian zu, schlugen seine Pranke von Sacha fort, während jener immer noch die Violine spielte.

Also hat Olga telekinetische Fähigkeiten, dachte Prue, aber sie sind anders als meine. Sie muss auf Kräuter und Gesänge zurückgreifen und braucht länger als ich, also bin ich ihr gegenüber im Vorteil.

Der Loriathian wälzte sich stöhnend herum, offenbar in dem verzweifelten Bemühen, dieser verachtenswerten, quälenden Musik ein Ende zu bereiten.

Ich weiß, wie er sich fühlt, dachte Prue. Sie verabscheute das krankhafte, bösartige Gefühl, das von ihr Besitz ergriff.

»Warum funktioniert das nicht?«, kreischte Olga.

Wütend und unter glühendem Schmerz reckte der Loriathian seine lange Drachenschnauze vor, bis sie direkt über Sacha verharrte.

»Nein!«, schrie Olga.

Doch Sacha spielte weiter. Prues ganzer Körper spannte sich unter dem monströsen Zorn, den die Musik in ihr entfachte.

Olga fing wieder an zu singen und jagte weitere Feuerbälle gegen den Loriathian, um seine Angriffe gegen Sacha abzuwehren. Prue bündelte die furchtbare Energie der Musik und benutzte sie dazu, Olgas Magie vollkommen abzuschirmen.

Die Feuerbälle explodierten in einem Funkenregen, nachdem sie ihr Ziel verfehlt hatten. Mit einer einzigen Grauen erregenden Bewegung fiel der Loriathian über Sacha her und packte ihn mit seinen gewaltigen, weit geöffneten Kiefern. Mit zwei Bissen hatte die Bestie ihn verschlungen. Dann spuckte sie die Violine aus, als hätte sie sich an dem Instrument die Zunge verbrannt.

»Du!«, brüllte Olga Prue entgegen. Mit der geballten Macht wahnsinnigen Zorns stürzte sich die Wahrsagerin auf Prue.

»Keine Chance!«, schrie Prue. Grausame Triebe rührten tief in ihr. Ein Teil ihres Bewusstseins erkannte, dass sie die Folge der Magie waren, wusste, dass sie verschwinden würden, sobald der Nachhall der Musik in ihrem Inneren verklungen war. Aber in diesem Augenblick jagte sie jedes Quäntchen Bösartigkeit und Feindseligkeit auf Olga los.

Und schleuderte die Zigeunerin damit direkt auf den Loriathian zu.

Die wütende Bestie ergriff die Frau mit den Zähnen und wirbelte sie brutal durch die Luft. Ihre grausamen Schreie verstummten augenblicklich, als die Bestie ihre Zähne tief in ihren Leib bohrte und auch sie verschlang.

Der Loriathian stieß ein donnerndes Gebrüll aus. Die schaurige Musik hatte ihn vollkommen überwältigt. Ein bösartiges Feuer loderte in seinen zwölf Augen. Die gespaltene Zunge schnellte auf Prue zu, und sie ahnte, dass sie sein nächstes Opfer sein würde.

»Prue!«, rief Ivan. »Die Violine!«

Prue konzentrierte sich und nutzte ihre eigene Macht, um das Instrument von der Kreatur fortzuzerren. Dann schickte sie die Violine durch die Astralebene zu Ivan.

Der Schwanz des Loriathian peitschte wütend hin und her. Offenbar bereitete sich die Bestie darauf vor, über Prue herzufallen.

Eine klare, reine Note sandte prachtvolle Wogen über die astrale Ebene, und alle zwölf Augen waren auf Ivan gerichtet.

Ivan begann zu spielen, und die Musik führte ihn näher an Prue heran. Die Töne verschmolzen zu einer zarten Melodie, die mit jedem Takt ihre besänftigende Wirkung entfaltete. Prue fühlte, wie der Zorn in Wogen aus ihr hinausströmte.

Langsam beruhigte sich der Loriathian, wickelte den Reptilienschwanz um seine Beine und rollte sich zusammen. Bald war er eingeschlafen, und sein mächtiger Leib hob und senkte sich unter seinen tiefen Atemzügen.

Direkt hinter der Bestie wirbelte ein Juwel durch die astrale Ebene, schwebte frei in der Luft und drehte sich in ständiger Wiederkehr um die eigene Achse. Er glühte förmlich in seinem eigenen Feuer von tiefstem Rot.

»Der Roma-Rubin«, murmelte Prue.

Ivan und Prue trieben durch die Astralebene und starrten den Juwel an, ließen sich bereitwillig in eine friedlichere Stimmung versetzen.

»Er ist wunderschön«, sagte Prue schließlich. Dann sah sie Ivan an. »Wirst du ihn mitnehmen?«

Ivan schüttelte den Kopf. »Ich will diese Macht nicht. Ich wollte nie etwas anderes als meine Musik und meine Tiere. Mehr brauche ich nicht.«

Prue lächelte. Seine Antwort hatte sie keineswegs überrascht.

Ivan stieß einen tiefen, gedankenverlorenen Seufzer aus. »Und nun ist es vorbei«, erklärte er.

»Nicht ganz«, sagte Prue. »Die Frage lautet: Wie kommen wir jetzt zurück in unsere Welt? Schließlich war es Olgas Magie, die uns hierher gebracht hat.«

18

IVAN STARRTE PRUE AUS großen Augen an. »Du ... du weißt nicht, wie wir zurückkommen sollen?«, stammelte er.

»Keine Panik«, sagte Prue, krampfhaft bemüht, nicht selbst in Panik zu geraten. »Ich nehme an, wenn ich mich an dir festhalte und mich durch astrale Projektion wieder in meinen Körper zurückversetze, werden wir beide in unsere Welt zurückkehren. Ich kann nur hoffen, dass wir unterwegs nicht die Körper tauschen oder so.«

»Könnte das denn passieren?«, fragte Ivan.

»Nein, natürlich nicht«, log Prue. Sie hatte schon alle möglichen unmöglichen Dinge gesehen, aber sie wollte Ivan nicht ängstigen. Er war auch so schon verstört genug.

»Okay, leg deine Arme um mich«, wies sie Ivan an.

»Gern«, entgegnete Ivan und schloss sie in die Arme.

Sogar in ihrem Astralleib genoss sie die Nähe seines Körpers. Prue legte den Kopf an seine Brust und schloss die Augen.

»Warte mal«, sagte sie dann plötzlich und wich ein paar Zentimeter von Ivan zurück. »Ist sonst zu irritierend«, erklärte sie. »Ich muss mich konzentrieren.«

Prue fühlte den vertrauten Energiestrom, als ihre astrale Gestalt den Rückweg in ihren realen Körper antrat. Mit fest geschlossenen Augen trat sie die Reise an. Geschafft. Da war das alberne Clownskostüm auch schon. Sie schlug die Augen auf. Und da war auch Ivans hübsches Gesicht, das sie anlächelte, während seine Hand die Violine hochhielt. Sie waren wieder in dem Requisitenwagen, genau da, wo sie vor ihrem kleinen Ausflug in die Astralebene gewesen waren.

»Na, das wird auch Zeit!«, schnappte Phoebe. »Hier ist es drunter und drüber gegangen.« Sie deutete zum Fenster hinaus.

Prue sah hinaus. »Oh-oh.« Ivans Tiere waren in Angriffshaltung erstarrt. Einige Menschen waren mit den Händen um den Hals ihres Gegenübers eingefroren worden, während sie gerade dabei waren, sich gegenseitig umzubringen. Wieder andere hatten sich offenbar im Chor die Seele aus dem Leib geschrien. »Was ist denn hier los?«

»Wir wissen es nicht. Plötzlich sind alle wahnsinnig geworden. Bösartig. Die Tiere haben zuerst durchgedreht, und dann, na ja, du siehst es ja selbst. Sie sind sich wohl gegenseitig ziemlich ernsthaft auf die Nerven gegangen.«

Die Musik, dachte Prue. Sie ist von der Astralebene in die Wirklichkeit hindurchgedrungen. Mir hat sie schließlich auch bösartige Gedanken beschert.

»Ist mit euch beiden alles in Ordnung?«, fragte Prue ihre Schwestern.

Plötzlich wirkten Piper und Phoebe ziemlich verlegen. »Wir waren vielleicht ein bisschen zickig zueinander«, gestand Phoebe. »Aber wir hatten schließlich noch etwas anderes, auf das wir uns konzentrieren mussten.«

»Wie zum Beispiel den ganzen Zirkus einzufrieren«, jammerte Piper. »Weißt du, ob sie wieder normal sind, wenn sie aus der Starre erwachen? Oder gehen sie gleich wieder aufeinander los?«

»Ich weiß, was zu tun ist.« Ivan legte die Violine unter das Kinn und führte die Halliwells aus dem Wohnwagen hinaus. In dem Moment, als sie draußen waren, fing er an zu spielen.

Als Ivans Musik die Luft durchdrang, erfüllte Prue erneut ein Gefühl friedvoller Ruhe. Sie nahm ihre Schwestern bei den Händen. Gemeinsam sahen sie zu, wie die chaotische Szene wieder zum Leben erwachte. Die gerade noch sich bis aufs Blut bekämpfenden Zirkusleute entschuldigten sich voller Schrecken gegenseitig. Rund um sich herum hörte Prue: »Ich weiß nicht, was über mich gekommen ist.« Oder: »Keine Ahnung, was plötzlich mit mir los war«, und »Vertragen wir uns wieder, okay?«. Innerhalb von Minuten nahm der ganze Zirkus sein gewöhnliches Alltagsleben wieder auf.

Prue wandte sich Ivan zu. »Es ist nicht allein die Macht des Instrumentes«, sagte sie. »Sacha hatte die Violine, und in seiner Hand wurde sie zu einem Instrument der Zerstörung. In deinen Händen erzielt sie eine vollkommen andere Wirkung.«

Ivan lächelte. »Ich habe die Musik meiner Familie immer geliebt. Ich liebe es, mein Instrument zu spielen, und ich liebe es, die Reaktion meiner wundervollen Tiere zu beobachten.«

»Das ist es!«, rief Prue. »Du hast dein ganzes Herz in dein Spiel gelegt. Das ist die eigentliche Magie.«

»Ich muss mich auf meinen Auftritt vorbereiten«, entschuldigte sich Ivan. »Danke für alles.« Er hielt die Violine hoch über den Kopf und umarmte Prue mit dem freien Arm. Dann küsste er sie auf die Wange und verschwand.

Alle drei Halliwells stießen einen langen, verträumten Seufzer aus, während er von dannen zog.

»Ohmeingott!«, rief eine schrille Stimme hinter Prue. Sie drehte sich um und erblickte eine staunende Kristin, die geradewegs auf sie zulief. »Ihr drei seht ja soooooo allerliebst aus!«

Prue blickte an sich hinab. Oh, richtig. Das Kostüm.

»Ich freue mich ja so, dass ihr euch entschieden habt, das Projekt der Clowns zu unterstützen«, plapperte Kristin drauflos. »Das wird ein tolles Ende für unseren Artikel. Ausgelaugte Fotografin zu Zirkus übergelaufen.«

Prue schüttelte den Kopf, machte sich aber nicht die Mühe, Kristin aufzuklären. Natürlich würde sie später offenbaren müssen, dass dies ihr erster und letzter Auftritt als Clown war, aber für den Augenblick wollte sie nur in dem wohligen Gefühl baden, das Ivans Musik hinterlassen hatte.

»Wir sollten uns wohl umziehen«, sagte Piper.

»Ja, sonst zerrt uns Kaboodle gewaltsam zu den Proben.«

»Und ich werde meine Dankeskarten verteilen«, erzählte Kristin. »Ich lege Wert auf eine persönliche Note.« Sie wedelte mit einem Stapel Umschläge vor Prue herum. Auf jedem prangte ein pinkfarbener Smiley. »Bis später«, flötete Kristin, ehe sie auf direktem Wege zum Zirkuszelt marschierte.

Phoebe legte einen Arm um Prues Schultern. »Weißt du, Kristins Idee ist eigentlich gar nicht so schlecht. Bei den Clowns ist eine Stelle frei.«

»Genau«, fügte Piper hinzu, die plötzlich auf der anderen Seite von Prue aufgetaucht war. »Sacha wird bis zur Vorstellung nicht zurück sein. Vielleicht könntest du für ihn einspringen. Ein Kostüm hast du ja schon.«

Prue grinste ihre Schwestern spöttisch an. »Hah. Nie im Leben!«

»Na ja, ich glaube jedenfalls immer noch, dass ich mich freiwillig melden werde«, sagte Piper, während sie den Schnurrbart aus ihrem Gesicht entfernte.

»Ich auch«, pflichtete ihr Phoebe bei. »Und was ist mit dir, Prue?«

Prue schüttelte den Kopf. »Auf keinen Fall. Das Einzige, was wir durch diese Erfahrung gelernt haben, ist das, was ich schon immer wusste.«

»Und das wäre?«, fragte Piper.

Prue grinste. »Halte dich von Clowns fern!«

Charmed –
Zauberhafte Schwestern

ISBN 3-8025-2709-7

ISBN 3-8025-2727-5

ISBN 3-8025-2728-3

ISBN 3-8025-2747-X

vgs verlagsgesellschaft, Köln

Charmed –
Zauberhafte Schwestern

ISBN 3-8025-2751-8

ISBN 3-8025-2792-5

ISBN 3-8025-2733-X

Buffy – Im Bann der Dämonen

ISBN 3-8025-2721-6

ISBN 3-8025-2755-0

ISBN 3-8025-2753-4

ISBN 3-8025-2746-1

vgs verlagsgesellschaft, Köln

Buffy – Im Bann der Dämonen

ISBN 3-8025-2754-2

ISBN 3-8025-2750-X

ISBN 3-8025-2711-9

ISBN 3-8025-2699-6

vgs verlagsgesellschaft, Köln

Buffy – Im Bann der Dämonen

ISBN 3-8025-2700-3

ISBN 3-8025-2715-1

ISBN 3-8025-2749-6

ISBN 3-8025-2716-X

vgs verlagsgesellschaft, Köln

Bücher zu beliebten Fernsehserien

ANGEL

ISBN 3-8025-2779-8

ISBN 3-8025-2784-4

vgs verlagsgesellschaft, Köln

www.tvspielfilm.de
Wir lesen was,
was Du nicht liest!
TV SPIELFILM holen. Nur das Beste sehen.
TV SPIELFILM
14 Tage besser fernsehen
Alle Filme mit